I 25-08
7,95€

CUENTOS BREVES
para leer
en la cama

Ayala • Benedetti • Luis Mateo Díez • Carlos Fuentes
Almudena Grandes • Leguina • Longares
Javier Marías • Merino • Millás • Rosa Montero • Monterroso
Onetti • Carme Riera • Rivas • Sánchez Piñol • Zúñiga

punto de lectura

Francisco Ayala, «Cuento viejo» (*El rapto*, 1965)

© Mario Benedetti «Vaivén» (*Despistes y franquezas*, 1989)
     c/o Guillermo Schavelzon & Asociados, Agencia Literaria, info@schavelzon.com

Luis Mateo Díez, «El sueño» (*Los males menores*, 1993)

Carlos Fuentes, «Un alma pura» (*Cuentos naturales*, 2007)

Almudena Grandes, «Amor de madre» (*Modelos de mujer*, 1996)

Joaquín Leguina, «El desahogo» (*Cuernos*, 2002)

Manuel Longares, «Morbo» (*Extravíos*, 1999)

Javier Marías, «En el viaje de novios» (*Cuando fui mortal*, 1996)

José María Merino, «Lolito» (*Cuentos del libro de la noche*, 2005)

Juan José Millás, «Solo de moto» (*Ella imagina*, 1994)

Rosa Montero, «Mi hombre» (*Amantes y enemigos*, 1998)

Augusto Monterroso, «El dinosaurio» (*Obras completas y otros cuentos*, 1959)

Juan Carlos Onetti, «Luna llena» (*Cuentos completos*, 1994)

Carme Riera, «Un poco de frío para Wanda» (*El hotel de los cuentos y otros relatos de neuróticos*, 2008)

Manuel Rivas, «Carmiña» (*¿Qué me quieres, amor?*, 1995)

Albert Sánchez Piñol, «Sólo dime si aún me quieres» (*Trece tristes trances*, 2009)

J. E. Zúñiga, «10 de la noche, Cuartel del Conde Duque» (*Largo noviembre de Madrid*, 1980)

© De esta edición:
2009, Santillana Ediciones Generales, S.L.
Torrelaguna, 60. 28043 Madrid (España)
Teléfono 91 744 90 60
www.puntodelectura.com

ISBN: 978-84-663-2340-6
Depósito legal: B-21.277-2010
Impreso en España — Printed in Spain

Selección de los cuentos: Juantxu Herguera Casado y Alfredo Blanco Solís

Diseño de cubierta: María Pérez-Aguilera
Imagen de portada: Getty Images

Primera edición: junio 2009
Segunda edición: octubre 2009
Tercera edición: mayo 2010

Impreso por Litografía Rosés, S.A.

Índice

Francisco Ayala
Cuento viejo

Life is as tedious as a twice told tale
SHAKESPEARE, *King John*, III, IV

To bid Æneas tell the tale twice o'er
SHAKESPEARE, *Titus Andronicus*, III, II

A la Comtesse Serafina San Séverino, née Porcia:
Obligé de tout lire pour tâcher de ne rien répéter, je feuilletais, il y a quelques jours, les trois cents contes plus ou moins drolatiques de Il Bandello, *écrivain du seizième siècle, peu connu en France et publiés dernièrement en entier à Florence dans l'édition compacte des Conteurs italiens: ... Je parcourais pour la première fois* Il Bandello *dans le texte original, et j'ai trouvé, non sans surprise, chaque conte, ne fût-il que de cinq pages, dedié par une lettre familière aux rois, aux reines, aux plus illustres personnages du temps... J'ai vu aussi combien* Il Bandello *avait de noblesse dans son caractère: s'il a orné son œuvre de ces noms illustres, il n'a pas trahi la cause de ses amitiés privées. Après la* signora Gallerana, *comtesse de Bergame, vient le médecin à qui il a dédié son conte de* Romeo *et* Juliette: ... *après le duc d'Orléans, un prédicateur; après une* Riario, *vient* messer magnifico Girolamo Ungaro, mercante lucchese, *un homme vertueux auquel il raconte comment un* gentiluomo navarese sposa una che era sua sorella e figliuola, non lo sapendo, *sujet qui lui avait été envoyé par la reine de Navarre.*
HONORÉ DE BALZAC, *Les employés*

Huyendo en su tiempo de la peste negra, varias personas nobles y cultas —nos dice Boccaccio— se reunieron en una finca próxima a Florencia, y entretuvieron allí el ocio contándose, por turno, un cuento cada día —de donde saldría el Decamerón famoso, que más tarde habría de imitar con su Heptamerón la reina Margarita de Navarra.

Huyendo también nosotros de esta nueva plaga que en verano aflige a Europa: la agobiante multitud turística, unos pocos amigos, aficionados a las letras, nos hemos reunido para charlar por las noches en el desierto Madrid estival; y durante estas desmayadas conversaciones nuestras, alguien invocó aquellos precedentes para sugerir que por qué no habíamos de seguir nosotros el ejemplo de tan distinguidos precursores. La iniciativa fue aceptada; pero, menos imaginativos o más perezosos, decidimos en fin limitarnos a recontar una u otra de aquellas viejas historias en vez de arriesgarnos, refiriendo las anécdotas de nuestros prójimos, a incurrir en el chisme maldiciente.

Cuando llegó mi turno, opté por rehacer con palabras propias la *nouvelle* número treinta del Heptamerón. Advertí que, en atención a la estirpe de la dama que protagoniza el relato, se había abstenido la reina Margarita de consignar su nombre, y sólo nos informa de que, habiendo quedado viuda muy joven la señora, y madre de un hijo único, había resuelto piadosamente, tanto por el duelo debido a su difunto esposo como por amor al niño, no volver a casarse. Así, pues, se recluyó en el retiro de una vida devota que la preservase de cualquier tentación.

Llegado el muchacho a los siete años, su madre le puso un preceptor sabio y discreto; pero, pasados otros siete y cuando se acercaba ya a los quince de su edad, la naturaleza, que es una maestra muy secreta, hallándolo bien nutrido y sobrado de tiempo, le enseñó una lección muy diferente de las que aprendía con su preceptor. Comenzó el chico a fijarse en las cosas bellas, y a apetecerlas; entre otras, en una damita que dormía en la cámara de su madre y que —teniéndole todos por un niño— no cuidaba mucho de cubrir sus formas. En fin, el fogoso jovencito empezó a asediar siempre que se le deparaba ocasión a la desprevenida damisela, quien, viéndose apurada, terminó por dar cuenta a su señora de lo que pasaba. Y ¿cómo iba la piadosa madre a creer cosa tan fea de su tierna criatura? Más bien pensó que todo sería una calumnia envidiosa de la criada.

Pero como ésta insistiera y la apremiara con sus quejas, dispuso prudentemente: «Vamos a averiguar lo que haya de cierto en eso que me cuentas. Si es verdad, le castigaré como merece; pero si tu acusación resulta falsa, serás tú quien reciba el castigo». Y para salir de dudas, ordenó a la muchacha que citara al galancete para acogerlo en su cama a la medianoche. Obedeció ella, y le dio cita; pero a la hora de acostarse, la señora se puso en el lugar de su doncella y allí aguardó, con ánimo —si es que la acusación de la criada salía cierta— de castigar al hijo en manera tal que se le quitaran las ganas de acostarse nunca más con mujer alguna.

Por supuesto, el muchacho acudió puntual a la cita y se metió a tientas en la cama donde su progenitora esperaba; la cual, aun viéndole llegar tan diligente, no podía creerse todavía que su niño intentara llevar a cabo tal fechoría. Llena de cólera, se mantuvo, pues, en silencio hasta haberse asegurado de que él no buscaba tan sólo inocentes caricias, sino que se proponía pasar a mayores e ir a fondo; pero ¡ay! la maternal paciencia fue tan larga y la naturaleza de la mujer tan frágil que su cólera se transformó poco a poco en un placer demasiado abominable. Y así como el agua contenida por fuerza —explica la excelente reina Margarita— corre con mayor ímpetu cuando se la suelta, así esta pobre señora vio trocarse en exuberancia la restricción a que tenía reducido su cuerpo. Esa noche quedaría preñada de aquel a quien ella quiso impedir que preñara a otras.

No bien consumado el pecado horrible, ya los remordimientos comenzaron a atosigarla. Se levantó de junto al hijo, que pensaba haber yacido con la doncella de su madre, y se retiró a un gabinete donde pasó toda la noche llorando a solas, afligida al considerar cómo su buen propósito había tenido tan mala ejecución. Pero —reflexiona, moralizando, la reina— en lugar de humillarse y reconocer la imposibilidad de nuestra carne que sin la ayuda de Dios es incapaz de evitar el pecado, urdió una trama que, alejando la ocasión, le impidiera reincidir en él. Llegada la mañana, llamó al preceptor del muchacho, y le dijo: «El niño ya se ha hecho hombre, y debe salir al mundo. Quiero que se aliste en la compañía del capitán señor De Montesson, mi primo, al otro lado de los montes. Llévelo ahora mismo; y para que yo no me apene, impida que venga a despedirse de mí». El joven marchó muy contento, pues tras haber gozado a su amiga, lo que más deseaba era ir a la guerra...

El cuento tiene una larga y complicada secuela. Aquella gran dama, conforme su preñez avanzaba, fingió estar enferma para vestir manto que cubriera su deformidad, y se refugió por último en la casa de un pariente suyo a quien confió su desgracia, aunque sin detallar lo ocurrido ni declararle quién había sido el autor del hecho. Allí dio a luz una niña hermosa, que hubo de criarse en el campo, mientras que la desventurada señora se entregaba a las prácticas más austeras, entre ayunos, disciplinas y cilicios.

Pasados los años, su hijo le mandó recado de que deseaba volver a casa, a lo cual ella se negó, temiendo recaer en el mal del que se había liberado; pero ante la insistencia del joven soldado, y no teniendo pretexto alguno para impedirle el regreso, le puso por condición que volviera casado, y que para elegir mujer no atendiera a razones de fortuna, pues lo importante era que se amasen mucho.

Entre tanto, el pariente que había criado a la niña fruto del pecado, viéndola crecida en belleza y honestidad con edad de doce años, la encomendó a la protección de la reina Catalina en la corte de Navarra. Y quiso la fatalidad que, de paso por aquella corte, el joven caballero que era su desconocido padre la encontrase allí, se enamorase de ella y, sin sospechar nada, pidiera su mano y se casara, llevándosela consigo a presencia de la madre.

Cuando ésta averiguó —y lo supo pronto— quién era su nuera tuvo un sentimiento tan grande que creyó morir de dolor: cuanto más hacía por atajar su desgracia, más contribuía a aumentarla. Acudió, desolada, la infeliz señora a un gran dignatario de la Iglesia, le confesó la enormidad de su culpa, y le pidió consejo acerca de cómo debería conducirse en la situación nacida de sus sucesivos errores. La autoridad espiritual decretó que no debía revelar nada de todo ello a sus hijos, inocentes en su ignorancia, mientras que ella, por su parte, debería pasar en penitencia el resto de su vida.

Y termina su relato la reina Margarita diciendo que, una vez instalados bajo el techo materno los recién casados, muy bien avenidos entre sí —pues la esposa era hija, hermana y mujer de su marido, y éste padre, hermano y marido de su mujer—, la pobre madre, en su extrema aflicción, siempre que los veía amarse tanto y ser tan felices no podía por menos que retirarse a llorar.

Así es el cuento. Pero lo que la reina Margarita había narrado ¿sería —según quiere darnos a entender— algo efectivamente ocurrido entre personas de quienes tenía ella noticia cierta, tal cual hubiéramos podido referir nosotros algo extraordinario o picante sucedido a conocidos nuestros (que casos semejantes nunca faltan en la realidad de la vida cotidiana), o más bien les atribuyó a supuestos personajes de su tiempo una historia que la tradición literaria venía repitiendo desde un pasado inmemorial? Esta duda ha surgido en los comentarios de mis amigos tras de haber escuchado mi relato, porque, como apuntó uno, varios de los cuentos popularizados por los italianos y sus imitadores franceses en aquella época tienen sin duda un remoto origen oriental.

De ser así —si la versión que yo he parafraseado fue en su día adaptación de otras anteriores—, quizá lo que hubiera debido hacer yo, a mi vez, es, no recontar la novela de la reina de Navarra, sino tomar los hechos, y encajárselos a gente contemporánea nuestra, con nombres, apellidos y circunstancias actuales.

He cedido a la pereza o sucumbido a la falta de imaginación. Otra vez lo intentaré.

Mario Benedetti
Vaivén

Vení a dormir conmigo;
no haremos el amor, él nos hará.
JULIO CORTÁZAR

Como casi siempre, al descubrirse, el desnudo y la desnuda se asombran de sus desnudeces. Como casi siempre, éstas son mejores que las de la memoria. Por supuesto, son jóvenes. Él es el primero en quebrar el encantamiento y la inercia. Sus manos se ahuecan para buscar y encontrar los pechos de ella, que al mero contacto lucen, se renuevan. Entonces, acariciando persuasivamente entre índice y pulgar los extremos radiantes, él dice o piensa: «No es que carezca de sentido de culpa, pero la verdad es que no me atormento. Las sensaciones llegan y se van, son aves migratorias, y cuando vuelven, si vuelven, ya no son las mismas. Se fueron frescas, espontáneas, recién nacidas, y regresan maduras, inevitablemente programadas. Entonces ¿a qué ahogarse en el deber? El deber, al igual que el dolor (¿o será otra filial del dolor?) es un cepo. Esto hay que saberlo de una vez para siempre, si queremos que su gesto amargo, rencoroso, no nos sorprenda o nos frustre».

El niño, calato como un ángel pero sin alas, inocente de su propia inocencia, camina por la playa desierta y madrugona, hundiendo cautelosamente sus pies, todavía rosados, todavía fríos, en esa cambiante frontera que separa la arena de la olita. Des-

cubre un tibio placer en ese gesto neutro, misterioso, que lame sus tobillos. No reflexiona. Simplemente disfruta. El mar no tiene para él ni pasado ni futuro. Es tan sólo una lengüeta que viene a acariciarlo, a darle bienvenidas. Y él corresponde y sonríe, a veces hasta ríe con breves carcajadas. En realidad, juega consigo mismo y con el mar. Y todavía no sabe que éste no se entera, todavía ignora que el mar es de una indiferencia insoportable, que el mar es la única tumba móvil, que el mar es la muerte en estado de pureza. En ese punto, el niño se detiene y ve a la niña.

Las colonizadoras manos de ella acarician la colonizada espalda de él, y empiezan a invadirlo, a abrazarlo, a tenerlo. Entonces ella dice o piensa: «Todo eso lo sé. Y sin embargo, en mí hay una vocación de permanencia, que, por otra parte, nunca he visto cumplida. Es obvio que el futuro está lleno de amenazas, de riesgos, de inseguridades, pero yo creo (de *creer en* y de *crear*), para mi uso personal, un cielo despejado. De lo contrario, el goce se me gasta antes de tiempo. Vos te aferrás al instante, ése es tu estilo. Mi instante, en cambio, quiere ser prólogo de otro, aunque lo más probable es que luego ese otro instante no comparezca. Algo o alguien puede matar mi futuro, pero quiero que sepas que mi futuro no es suicida».

Lejos, en términos infantiles, pero bastante cerca en cualesquiera otros, la niña, calata como otro ángel pero también sin alas, viene a su encuentro por la arena que aquí y allá se alza y vuela gracias al aire matinal y marino. No se atreve todavía a pisar el agua, sólo permite que la arena livianísima suba y baje por entre los finos dedos de sus pies brevísimos. Allá arriba, entre pinos y eucaliptus, están las casas de los padres, los tíos, los adultos en fin, que todavía se reponen de la fiesta de anoche. Al igual que el niño, tampoco ella reflexiona. Apenas si siente una repentina curiosidad por esa imagen rosácea que se acerca (o tal vez es ella la que se va acercando ¿o serán ambos?) y le vienen ganas de hacerle una señal, un saludo, un signo. La niña abre los brazos y ve que la imagen rosácea también abre los suyos. Entonces se forma en sus labios una sonrisa primaria, en soledad, tan espontánea como autosatisfecha.

Ahora la boca del hombre se ha detenido en la oreja de ella y opta por pensar o decir: «¿Sabés una cosa? Tu oreja no siempre está desnuda. Sólo lo está cuando vos lo estás. Me gusta tu oreja desnuda, tal vez como una consecuencia de que me gustás así, como estás ahora. Después de todo, tenés razón: el instante es mi estilo. Es allí que lo juego todo. No ahorro disfrutes para vivir de esa renta en la tercera edad. Beso tu oreja como si nunca hubiera besado otra oreja. Por eso tu oído escucha estas palabras que nunca escuchó antes. Ni dije o pensé antes. El amor no es repetición. Cada acto de amor es un ciclo en sí mismo, una órbita cerrada en su propio ritual. Es, cómo podría explicarte, un puño de vida. El amor no es repetición».

El niño y la niña se han ido acercando y se detienen cuando apenas un metro los separa. O ya no. Porque la niña avanza una mano hasta posarla en el hombro del niño, y nota que es un poco más alto que el hombro de ella. «¿Cómo te llamás?», dice él para de alguna manera expresar el gusto que le da aquel contacto. «Claudia, ¿y vos?» «Marcos.» Él consigue suficiente coraje como para que su brazo derecho también avance hacia el brazo izquierdo de Claudia. «¿Siempre venís a la playa?», pregunta él. «No, pero desde ahora vendré todos los días.» Marcos siente que está conmovido y Claudia ve que él se sonroja. También ella se sonroja, pero por solidaridad. Durante la pausa, ambos se miran en lo que son y en lo que difieren. Claudia dice, todavía inocente de su propia inocencia: «¿Qué tenés ahí?». Y se lo toca. Es un contacto leve, pero Marcos experimenta la primera alegría importante de sus seis años de vida.

La mujer mueve la cabeza hasta que sus labios rozan los de él y entonces dice o piensa: «Ya lo ves, has repetido que no es repetición. Y eso quiere decir algo. Digamos que es y no es. Todo es verdad. A mí, por ejemplo, me gusta repetir el amor, aunque reconozco que cada fase tiene un final distinto, una bisagra original que la une con la fase que vendrá. La repetición está en el comienzo y es como un eco, un recordatorio de la piel. A mí siempre me enternece recordar tu piel, pero sobre todo que tu piel me recuerde tu piel. No tengas miedo, en el amor (al menos, en mi amor) la repetición no se vuelve rutina. El acto mecánico, físico, puede (o no) ser igual o semejante, pero tu cuerpo y mi cuerpo nunca son los mismos. El sexo que hoy vas a ofrecerme no es el mismo del sábado pasado ni será, estoy segura, el del próximo martes, y el surco mío que lo reciba tampoco es ni será el mismo. El amor es y no es repetición».

El veterano ha tenido un sueño frágil y bastante más joven que sus años reales. Mira el reloj en la mesa de noche y son las tres de la madrugada. A su lado la veterana duerme y sonríe, y es una sonrisa que él no le ve desde hace tiempo. El calor se introduce a través de las persianas. También entra el ruido de la discoteca de la planta baja. El veterano aprovecha el oasis del insomnio para evaluar su propia desnudez. Las varices lo insultan y él se resigna. Las articulaciones se quejan y él quisiera aceitarlas, pero ya no viene aceite para tales bisagras. A su derecha, la sábana de ella se ha deslizado al piso y él tiene ocasión de comprender una vez más ese cuerpo conocido y contiguo. Ella eleva un brazo para apoyar o medir su propia cabeza y el mechón canoso se confunde con la blancura de la almohada. Él acerca su mano, sin tocarla aún, y ella permanece inmóvil, con los ojos cerrados, despierta. Él retira su mano. Allá abajo, la discoteca es como otro reloj: marca el tiempo, lo desvela y revela.

Él se aparta un poco para mejor unirse, o sea para que sus manos, y de a ratos sus labios, puedan ir recorriendo colinas y hondonadas, rincones y llanuras. La piel de ella alternativamente se eriza o se abandona, en tanto que allá arriba la boca se entreabre y los ojos comienzan a cerrarse. Entonces él piensa o dice: «¿Cómo voy a programar o a calcular el amor de mañana o pasado, si tengo aquí esta concreta recompensa (o castigo) que sos vos, hoy. No te engaño si en este momento te confieso que te quiero toda, cuerpo y alma y alrededores, pero ¿para qué voy a hacerle descuentos a este deleite pronosticando qué sentiré el martes o el jueves? Si aparto mi mirada de tu vientre húmedo y contemplo allá enfrente el muro blanco, o más allá, si trato de vislumbrar el tallado infinito, me encontraré inexorablemente con esa última viga que es la muerte, y ésta es, por definición, el no-amor. ¿Cómo no preferir mirarte a vos, que sos la vida o por lo menos una de sus más incitantes imitaciones?».

La veterana siente que algo o alguien se inmiscuye en su sueño y entonces se dispone trabajosamente a abrir sus ojos. Allí, a su izquierda, está la mirada de él. Le pregunta si no puede dormir, y él le responde que sí puede pero que no quiere. Ella comenta que, para la estación, ésta es una noche demasiado calurosa y que el ruido de abajo parece inacabable. Él asiente y luego dice: «Mañana se cumplen veintiocho años, ¿te acordás?». Ella no hace comentarios, salvo con el ceño, que se encoge y se estira, vaya a saber por qué. Él inicia otro lento recorrido con su brazo. Ella no lo mira pero intuye que el brazo está viniendo. Cuando éste se detiene a pocos centímetros de su rostro, ella acerca su cabeza hasta lograr que su mejilla descanse sobre la palma que se ofrece.

Hay un silencio cálido, inexpugnable, que envuelve los dos cuerpos. De pronto, el hombre decide apoyar su oído sobre el poderoso ombligo de la mujer. Es como si a través del *omphalos*, esa cicatriz genérica, esa boca muda, la mujer murmurara o vibrara en el oído del hombre: «Quisiera tenerte siempre, pero me resigno a tenerte hoy. Quizá la diferencia resida en que mientras tu goce es explosivo, fulgurante, el mío, que acaso es más profundo, tiene ojeras de melancolía. No puedo evitar prever desde ahora, junto al buen azar de tenerte, el anticipo de la nostalgia que sentiré cuando no estés. Ya lo sé. Demasiado lo sé. Todo está claro. Todo estuvo claro desde el vamos. Pero que me resigne no incluye que te mienta. Y esto que yo, ombligo, dejo en vos, oído, es para que alguna vez te zumbe y al menos te preguntes qué será ese zumbido».

El veterano siente el otro cuerpo. No como antes, poro a poro, pero lo siente. Ambos saben de memoria qué cuenca de ella se corresponde con qué altozano de él. Encajan uno en otra, otro en una, como si conformaran un paisaje clásico, de postal o museo. Sólo que antes eran paisajes del último Van Gogh y ahora son del primer Ruysdael. Él demora en encenderse y ella lo sabe pero no se impacienta. El mensaje de la discoteca se filtra implacable por entre las persianas. La humedad de la madrugada los remite a otros otoños. Él sabe que aquí no vale rememorar la pasión como quien recorre un viejo códice. Pero esa misma distancia lo conmueve y percibe por fin que esa filtrada emoción es la legataria, la penúltima Thule, el corolario normal de la pasión antigua. Sólo entonces se siente crecer. Sólo entonces ella siente que él crece.

Ni el desnudo, ni la desnuda oyen campanas. Eso pasaba antes, en las fábulas familiares de las abuelas o, más cándidamente, en alguna marchita película de Burgess Meredith. Estos de ahora escuchan truenos lejanísimos, bocinas de ansiedad, ambulancias que aúllan, rock en ondas, y más confidencialmente, labios que se disfrutan, comunión de salivas. La mujer se estira en toda la extensión de su piel sabrosa, abre brazos y piernas, tal como si se desperezara pero más bien perezándose. Siente que la boca del hombre va ascendiendo a su boca y cuando por fin cada lengua se encuentra con su prójima, ambas proponen o resuelven o gimen: «Qué importa si es o no repetición, qué importa si es prólogo o desenlace. Estamos. Somos. Una y uno. Dejemos que la muerte nos odie desde lejos. Desde muy lejos. Somos. Estamos. Tan cerca de vos que soy vos. Tan cerca de mí que sos yo. Una + uno = une. Se unen, pues. El mundo queda fuera, con sus culpas, sus deberes, sus ropas. El desnudo y la desnuda son únicos testigos del amor sin testigos. Uno sobre otra, o viceversa, la humedad de sus vientres es de ambos. Los cuerpos (esos futuros, inevitables proveedores de ceniza) borran de un placerazo sus condenas y también se reconocen y trabajan. Trabajan y se gozan, únicos en el mundo, por fortuna olvidados». Entonces ella piensa o grita: «Vení», y él canta o piensa: «Voy». Y así, poco a poco (y al final, mucho a mucho) se ensimisma y celebra, se alucina y consuma el va-i-vén.

Luis Mateo Díez
El sueño

Soñé que un niño me comía. Desperté sobresaltado. Mi madre me estaba lamiendo. El rabo todavía me tembló durante un rato.

Carlos Fuentes
Un alma pura

A Berta Maldonado

*Mais les manœuvres inconscientes
d'une âme pure sont encore plus
singulières que les combinaisons du vice.*

RAYMOND RADIGUET
Le Bal du Comte d'Orgel

Juan Luis. Pienso en ti cuando tomo mi lugar en el autobús que me llevará de la estación al aeropuerto. Me adelanté a propósito. No quiero conocer desde antes a las personas que realmente volarán con nosotros. Éste es el pasaje de un vuelo de Alitalia a Milán; sólo dentro de una hora deberán abordar el autobús los viajeros de Air France a París, Nueva York y México. Es que temo llorar, descomponerme o hacer algo ridículo y después soportar miradas y comentarios durante dieciséis horas. Nadie tiene por qué saber nada. Tú también lo prefieres así, ¿no es cierto? Yo siempre pensaré que fue un acto secreto, que no lo hiciste por… No sé por qué pienso estas cosas. No tengo derecho a explicar nada en tu nombre. Y, quizá, tampoco en el mío. ¿Cómo voy a saber, Juan Luis? ¿Cómo voy a ofendernos afirmando o negando que quizás, en ese instante, o durante un largo tiempo —no sé cómo ni cuándo lo decidiste; posiblemente desde la infancia; ¿por qué no?— fueron el despecho, el dolor, la nostalgia o la esperanza tus motivos? Hace frío. Está soplando ese viento helado de las montañas que pasa como un hálito de muerte sobre la ciudad y el lago. Me cubro la mitad del rostro con las solapas del abrigo para retener mi propio calor, aunque el autobús está calentado y ahora arranca suavemente, envuelto también en su vaho. Salimos de la estación de Cornavin por un túnel y yo sé que no veré más el lago y los puentes de Ginebra, pues el autobús desemboca a la carretera a espaldas de la estación y sigue alejándose del Léman, rumbo al aeropuerto. Pasamos por la parte fea de la ciudad, donde viven los trabajadores de temporada llegados de Italia, de Alemania y de Francia a este paraíso donde no cayó una sola bomba, donde nadie fue torturado o asesinado o engañado. El propio autobús da esa sensación de pulcritud, de orden y de bienestar que tanto te llamó la atención desde que llegaste y ahora que limpio con la mano la ventanilla empañada y veo estas casas pobretonas pienso que, a pesar de todo, no se ha de vivir mal en ellas. Suiza termina por confortarnos demasiado, decías en una carta; perdemos el sentido de los extremos que en nuestro país son visibles e insultantes. Juan Luis: en tu última carta no necesitabas decirme —lo comprendo sin haberlo vivido: ése fue siempre nuestro lazo de unión— que ese orden de todo lo exterior —la puntualidad de los trenes, la honradez en el trato, la previsión del trabajo y el ahorro a lo largo de la vida— estaba exigiendo un desorden interno que lo compensara. Me estoy riendo, Juan Luis; detrás de una mueca que lucha por retener las lágrimas, empiezo a reír y todos los pasajeros a mirarme y a murmurar entre ellos; es lo que deseaba evitar; menos mal que éstos son los que van a Milán. Río pensando que saliste del orden de nuestra casa en México al desorden de tu libertad en Suiza. ¿Me entiendes? De la seguridad en el país de los puñales ensangrentados a la anarquía en el país de los relojes cucú. Dime si no tiene gracia. Perdón. Ya pasó. Trato de calmarme viendo las cumbres nevadas de los Jura, ese enorme acantilado gris que ahora busca en vano su reflejo en las aguas que de él nacieron. Tú me escribiste que en verano el lago es el ojo de los Alpes: los refleja, pero los transforma en una vasta catedral sumergida y decías que al arrojarte al agua buceabas en busca de las montañas. ¿Sabes que tengo tus cartas conmigo? Las leí en el avión que me trajo de México y durante los días que he estado en Ginebra, durante los momentos libres que tuve. Y ahora las leeré de regreso. Sólo que en este viaje tú me acompañas.

Hemos viajado tanto juntos, Juan Luis. De niños íbamos todos los fines de semana a Cuernavaca, cuando mis papás todavía tenían esa casa cubierta de buganvilia. Me enseñaste a nadar y a montar en bicicleta. Nos íbamos los sábados en la tarde en bicicleta al pueblo y todo lo conocí por tus ojos. «Mira, Claudia, los volantines, mira, Claudia, miles de pájaros en los árboles, mira, Claudia, las pulseras de plata, los sombreros de charro, las nieves de limón, las estatuas verdes, ven, Claudia, vamos a la rueda de la fortuna.» Y para las fiestas de Año Nuevo, nos llevaban a Acapulco y tú me despertabas muy de madrugada y corríamos a la playa de Hornos porque sabías que esa hora del mar era la mejor: sólo entonces los caracoles y los pulpos, las maderas negras y esculpidas, las botellas viejas, aparecían, arrojados por la marea y tú y yo juntábamos todo lo que podíamos, aunque ya sabíamos que después no nos permitirían llevarlo a México y, realmente, esa cantidad de cosas inútiles no cabían en el coche. Es curioso que cada vez que deseo recordar cómo eras a los diez, a los trece, a los quince años, piense inmediatamente en Acapulco. Será porque durante el resto del año cada uno iba a su escuela y sólo en la costa, y festejando precisamente el paso de un año a otro, todas las horas del día eran nuestras. Allí representábamos. En los castillos de roca donde yo era una prisionera de los ogros y tú subías con una espada de palo en la mano, gritando y batiéndote con los monstruos imaginarios para liberarme. En los galeones piratas —un esquife de madera— donde yo esperaba aterrada a que terminaras de batirte en el mar con los tiburones, que me amenazaban. En las selvas tupidas de Pie de la Cuesta, por donde avanzábamos tomados de la mano, en busca del tesoro secreto indicado en el plano que encontramos dentro de una botella. Acompañabas tus acciones tarareando una música de fondo inventada en el momento: dramática, en clímax perpetuo. Capitán Sangre, Sandokan, Ivanhoe: tu personalidad cambiaba con cada aventura; yo era siempre la princesa amenazada, sin nombre, idéntica a su nebuloso prototipo.

Sólo hubo un vacío: cuando tú cumpliste quince y yo sólo tenía doce y te dio vergüenza andar conmigo. Yo no entendí, porque te vi igual que siempre: delgado, fuerte, quemado, con el pelo castaño y rizado y enrojecido por el sol. Pero al año siguiente nos emparejamos y anduvimos juntos otra vez, ahora no recogiendo conchas o inventando aventuras, sino buscando la prolongación de un día que empezaba a parecernos demasiado corto y de una noche que nos vedaban, se convertía en nuestra tentación y era idéntica a las nuevas posibilidades de una vida recién descubierta, recién estrenada. Caminábamos por el Farallón después de la cena, tomados de la mano, sin hablar, sin mirar a los grupos que tocaban la guitarra alrededor de las fogatas o a las parejas que se besaban entre las rocas. No necesitábamos decir que los demás nos daban pena. Porque no necesitábamos decir que lo mejor del mundo era caminar juntos de noche, tomados de la mano, sin decir palabra, comunicándonos en silencio esa cifra, ese enigma que jamás, entre tú y yo, fue motivo de una burla o de una pedantería. Éramos serios sin ser solemnes, ¿verdad? Y posiblemente nos ayudábamos sin saberlo, de una manera que nunca he podido explicar bien, pero que tenía que ver con la arena caliente bajo nuestros pies descalzos, con el silencio del mar en la noche, con el roce de nuestras caderas mientras caminábamos, con tus nuevos pantalones blancos largos y entallados, con mi nueva falda roja y amplia: habíamos cambiado todo nuestro guardarropa y habíamos escapado de las bromas, las vergüenzas y la violencia de nuestros amigos. Sabes, Juan Luis, que muy pocos dejaron de tener catorce años —esos catorce años que no eran los nuestros—. El machismo es tener catorce años toda la vida; es un miedo cruel. Tú lo sabes, porque tampoco lo pudiste evitar. En cambio, a medida que nuestra infancia quedaba atrás y tú probabas todas las experiencias comunes a tu edad, quisiste evitarme a mí. Por eso te entendí cuando, después de años de no hablarme casi (pero te espiaba desde la ventana, te veía salir en un convertible lleno de amigos, llegar tarde y con náusea), cuando yo entré a Filosofía y Letras y tú a Economía, me buscaste, no en la casa, como hubiese sido natural, sino en la Facultad de Mascarones y me invitaste a tomar un café en aquel sótano caluroso y lleno de estudiantes, una tarde.

Me acariciaste la mano y dijiste: —Perdóname, Claudia.

Yo sonreí y pensé que, de un golpe, regresaban todos los momentos de nuestra infancia, pero no para prolongarse, sino para encontrar un remate, un reconocimiento singular que al mismo tiempo los dispersaba para siempre.

—¿De qué? —te contesté—. Me da gusto que volvamos a hablar. No hace falta más. Nos hemos visto todos los días, pero era como si el otro no estuviera presente. Ahora me da gusto que volvamos a ser amigos, como antes.

—Somos más que amigos, Claudia. Somos hermanos.

—Sí, pero eso es un accidente. Ya ves, siendo hermanos nos hemos querido mucho de niños y después ni siquiera nos hemos hablado.

—Voy a irme, Claudia. Ya se lo dije a mi papá. No está de acuerdo. Cree que debo terminar la carrera. Pero yo necesito irme.

—¿Adónde?

—Conseguí un puesto con las Naciones Unidas en Ginebra. Allí puedo seguir estudiando.

—Haces bien, Juan Luis.

Me dijiste lo que ya sabía. Me dijiste que no aguantabas más los prostíbulos, la enseñanza de memoria, la obligación de ser macho, el patriotismo, la religión de labios para afuera, la falta de buenas películas, la falta de verdaderas mujeres, compañeras de tu misma edad que vivieran contigo… Fue todo un discurso, dicho en voz muy baja sobre esa mesa del café de Mascarones.

—Es que no se puede vivir aquí. Te lo digo en serio. Yo no quiero servir ni a Dios ni al diablo; quiero quemar los dos cabos. Y aquí no puedes, Claudia. Si sólo quieres vivir, eres un traidor en potencia; aquí te obligan a servir, a tomar posiciones, es un país sin libertad de ser uno mismo. No quiero ser gente decente. No quiero ser cortés, mentiroso, muy macho, lambiscón, fino y sutil. Como México no hay dos... por fortuna. No quiero seguir de burdel en burdel. Luego, para toda la vida, tienes que tratar a las mujeres con un sentimentalismo brutal y dominante porque nunca llegaste a entenderlas. No quiero.

—¿Y mamá qué dice?

—Llorará. No tiene importancia. Llora por todo, ¿a poco no?

—¿Y yo, Juan Luis?

Sonrió infantilmente: —Vendrás a visitarme, Claudia, ¡jura que vendrás a verme!

No sólo vine a verte. Vine a buscarte, a llevarte de regreso a México. Y hace cuatro años, al despedirnos, sólo te dije:

—Recuérdame mucho. Busca la manera de estar siempre conmigo.

Sí, me escribiste rogándome que te visitara; tengo tus cartas. Encontraste un cuarto con baño y cocina en el lugar más bonito de Ginebra, la Place du Bourg-de-Four. Escribiste que estaba en un cuarto piso, en el centro de la parte vieja de la ciudad, desde donde podías ver los techos empinados, las torres de las iglesias, las ventanillas y los tragaluces estrechos y más allá el lago que se perdía de vista, que llegaba hasta Vevey y Montreux y Chillon. Tus cartas estaban llenas del goce de la independencia. Tenías que hacer tu cama y barrer y prepararte el desayuno y bajar a la lechería de al lado. Y tomabas la copa en el café de la plaza. Hablaste tanto de él. Se llama La Clémence y tiene un toldo con franjas verdes y blancas y allí se da cita toda la gente que vale la pena frecuentar en Ginebra. Es muy estrecho; apenas seis mesas frente a una barra donde las empleadas sirven cassis vestidas de negro y a todo mundo le dicen «M'sieudame». Ayer me senté a tomar un café y estuve mirando a todos esos estudiantes con bufandas largas y gorras universitarias, a las muchachas hindúes con los saris descompuestos por los abrigos de invierno, a los diplomáticos con rosetas en las solapas, a los actores que huyen de los impuestos y se refugian en un chalet a orillas del lago, a las jóvenes alemanas, chilenas, belgas, tunecinas, que trabajan en la OIT. Escribiste que había dos Ginebras. La ciudad convencional y ordenada que Stendhal describió como una flor sin perfume; la habitan los suizos y es el telón de fondo de la otra, la ciudad de paso y exilio, la ciudad extranjera de encuentros accidentales, de miradas y conversaciones inmediatas, sin sujeción a las normas que los suizos se han dado liberando a los demás. Tenías veintitrés años al llegar aquí, y me imagino tu entusiasmo.

«Pero basta de eso (escribiste). Te tengo que decir que estoy tomando un curso de literatura francesa y allí conocí... Claudia, no te puedo explicar lo que siento y ni siquiera trato de hacerlo porque tú siempre me has comprendido sin necesidad de palabras. Se llama Irene y no sabes cómo es de guapa y lista y simpática. Ella estudia la carrera de letras aquí y es francesa; qué curioso, estudia lo mismo que tú. Quizá por eso me gustó en seguida. Ja ja.» Creo que duró un mes. No recuerdo. Fue hace cuatro años. «Marie-José habla demasiado, pero me entretiene. Fuimos a pasar el fin de semana a Davos y me puso en ridículo porque es una esquiadora formidable y yo no doy una. Dicen que hay que aprender desde niño. Te confieso que se me apretó y los dos regresamos a Ginebra el lunes como salimos el viernes, nada más que yo con un tobillo torcido. ¿No te da risa?» Luego llegó la primavera. «Doris es inglesa y pinta. Me parece que tiene verdadero talento. Aprovechamos las vacaciones de Pascua para irnos a Wengen. Dice que hace el amor para que su subconsciente trabaje y salta de la cama a pintar sus gouaches con el picacho blanco de la Jungfrau en frente. Abre las ventanas y respira hondo y pinta desnuda mientras yo tiemblo de frío. Se ríe mucho y dice que soy un ser tropical y subdesarrollado y me sirve kirsch para que me caliente.» Doris me dio risa durante el año que se estuvieron viendo. «Me hace falta su alegría, pero decidió que un año en Suiza era bastante y se fue con sus cajas y sus atriles a vivir a la isla de Miconos. Mejor. Me divertí, pero no es una mujer como Doris lo que me interesa.» Una se fue a Grecia y otra llegó de Grecia. «Sophia es la mujer más bella que he conocido, te lo juro. Ya sé que es un lugar común, pero parece una de las Cariátides. Aunque no en el sentido vulgar. Es una estatua porque la puedes observar desde todos los ángulos: la hago girar, desnuda, en el cuarto. Pero lo importante es el aire que la rodea, el espacio alrededor de la estatua, ¿me entiendes? El espacio que *ocupa* y que le permite ser bella. Es oscura, tiene las cejas muy espesas y mañana, Claudia, se va con un tipo riquísimo a la Costa Azul. Desolado, pero satisfecho, tu hermano que te quiere, Juan Luis.»

Y Christine, Consuelo, Sonali, Marie-France, Ingrid… Las referencias fueron cada vez más breves, más desinteresadas. Diste en preocuparte por el trabajo y hablar mucho de tus compañeros, de sus tics nacionales, de sus relaciones contigo, del temario de las conferencias, de sueldos, viajes y hasta pensiones de retiro. No querías decirme que ese lugar, como todos, acaba por crear sus tranquilas convenciones y que tú ibas cayendo en las del funcionario internacional. Hasta que llegó una tarjeta con la panorámica de Montreux y tu letra apretada contando de la comida en un restaurante fabuloso y lamentando mi ausencia con dos firmas, tu garabato y un nombre ilegible pero cuidadosamente repetido, debajo, en letras de molde: Claire.

Ah, sí, lo fuiste graduando. No la presentaste como a las otras. Primero fue un nuevo trabajo que te iban a encomendar. Después que se relacionaba con la siguiente sesión de un consejo. En seguida que te gustaba tratar con nuevos compañeros pero sentías nostalgia de los viejos. Luego que lo más difícil era acostumbrarse a los oficiales de documentos que no conocían tus hábitos. Por fin que habías tenido suerte en trabajar con un oficial «compatible» y en la siguiente carta: se llama Claire. Y tres meses antes me habías enviado la tarjeta desde Montreux. Claire, Claire, Claire.

Te contesté: «Mon ami Pierrot». ¿Ya no ibas a ser franco conmigo? ¿Desde cuándo *Claire*? Quería saberlo todo. Exigía saberlo todo. Juan Luis, ¿no éramos los mejores amigos antes de ser hermanos? No escribiste durante dos meses. Entonces llegó un sobre con una foto adentro. Tú y ella con el alto surtidor detrás, y el lago en verano; tú y ella apoyados contra la baranda. Tu brazo alrededor de su cintura. Ella, tan mona, con el suyo sobre el cantero lleno de flores. Pero la foto no era buena. Resultaba difícil juzgar el rostro de Claire. Delgada y sonriente, sí, una especie de Marina Vlady más flaca pero con el mismo pelo liso, largo y rubio. Con tacones bajos. Un suéter sin mangas. Escotado.

Lo aceptaste sin explicarme nada. Primero las cartas contando hechos. Ella vivía en una pensión de la Rue Emile Jung. Su padre era ingeniero, viudo y trabajaba en Neuchatel. Tú y Claire iban a nadar juntos a la playa. Tomaban té en La Clémence. Veían viejas películas francesas en un cine de la Rue Mollard. Cenaban los sábados en el Plat d'Argent y cada uno pagaba su cuenta. Entre semana, se servían en la cafetería del Palacio de las Naciones. A veces tomaban el tranvía y se iban a Francia. Hechos y nombres, nombres, nombres como en una guía: Quai des Berges, Grand' Rue, Cave à Bob, Gare de Cornavin, Auberge de la Mére Royaume, Champelle, Boulevard des Bastions.

Después, conversaciones. El gusto de Claire por algunas películas, ciertas lecturas, los conciertos, y más nombres, ese río de sustantivos de tus cartas (*Drôle de Drame* y *Les Enfants du Paradis*, Scott Fitzgerald y Raymond Radiguet, Schumann y Brahms) y luego Claire dijo, Claire opina, Claire intuye. Los personajes de Carné viven la libertad como una conspiración vergonzosa. Fitzgerald inventó las modas, los gestos y las decepciones que nos siguen alimentando. El Réquiem Alemán celebra todas las muertes profanas. Sí, te contesté. Orozco acaba de morir y en Bellas Artes hay una gigantesca retrospectiva de Diego. Y más vueltas, todo transcrito, como te lo pedí.

—Cada vez que lo escucho, me digo que es como si nos diéramos cuenta que es necesario consagrar todo lo que hasta ahora ha sido condenado, Juan Luis; voltear el guante. ¿Quién nos mutiló, mi amor? Hay tan poco tiempo para recuperar todo lo que nos han robado. No, no me propongo nada, ¿ves? No hagamos planes. Creo lo mismo que Radiguet: las maniobras inconscientes de un alma pura son aún más singulares que las combinaciones del vicio.

¿Qué te podía contestar? Aquí lo de siempre, Juan Luis. Papá y mamá están tristísimos de que no nos acompañes para las bodas de plata. Papá ha sido ascendido a vicepresidente de la aseguradora y dice que es el mejor regalo de aniversario. Mamá, pobrecita, cada día inventa más enfermedades. Empezó a funcionar el primer canal de televisión. Estoy preparando los exámenes de tercer año. Sueño un poco con todo lo que tú vives; me hago la ilusión de encontrarlo en los libros. Ayer le contaba a Federico todo lo que haces, ves, lees y oyes y pensamos que, quizás, al recibirnos podríamos ir a visitarte. ¿No piensas regresar algún día? Podías aprovechar las siguientes vacaciones, ¿no?

Escribiste que el otoño era distinto al lado de Claire. Salían a caminar mucho los domingos, tomados de la mano, sin hablar; quedaba en los parques un aroma final de jacintos podridos pero ahora el olor de hojas quemadas los perseguía durante esos largos paseos que te recordaban los nuestros por la playa hace años, porque ni tú ni Claire se atrevían a romper el silencio, por más cosas que se les ocurrieran, por más sugerencias que adelantara ese enigma de las estaciones quebradas en sus orillas, en su contacto de jazmines y hojas secas. Al final, el silencio. Claire, Claire —me escribiste a mí—, lo has entendido todo. Tengo lo que tuve siempre. Ahora lo puedo poseer. Ahora he vuelto a encontrarte, Claire.

Dije otra vez en mi siguiente carta que Federico y yo estábamos preparando juntos un examen y que iríamos a pasar el fin de año en Acapulco. Pero lo taché antes de enviarte la carta. En la tuya no preguntabas quién era Federico —y si pudieras hacerlo hoy, no sabría contestar—. Cuando llegaron las vacaciones, dije que no me pasaran más sus llamadas; ya no tuve que verlo en la escuela; fui sola, con mis papás, a Acapulco. No te conté nada de eso. Te dejé de escribir durante varios meses, pero tus cartas siguieron llegando. Ese invierno, Claire se fue a vivir contigo al cuarto de Bourg-de-Four. Para qué recordar las cartas que siguieron. Ahí vienen en la bolsa. «Claire, todo es nuevo. Nunca habíamos estado juntos al amanecer. Antes, esas horas no contaban; eran una parte muerta del día y ahora son las que no cambiaría por nada. Hemos vivido tan unidos siempre, durante las caminatas, en el cine, en los restaurantes, en la playa, fingiendo aventuras, pero siempre vivíamos en cuartos distintos. ¿Sabes todo lo que hacía, solitario, pensando en ti? Ahora no pierdo esas horas. Paso toda la noche detrás de ti, con los brazos alrededor de tu cintura, con tu espalda pegada a mi pecho, esperando que amanezca. Tú ya sabes y me das la cara y me sonríes con los ojos cerrados. Claire, mientras yo aparto la sábana, olvido los rincones que tú has entibiado toda la noche y te pregunto si no es esto lo que habíamos deseado siempre, desde el principio, cuando jugábamos y caminábamos en silencio y tomados de la mano. Teníamos que acostarnos bajo el mismo techo, en nuestra propia casa, ¿verdad? ¿Por qué no me escribes, Claudia? Te quiere, Juan Luis.»

Quizá recuerdes mis bromas. No era lo mismo quererse en una playa o en un hotel rodeado de lagos y nieve que vivir juntos todos los días. Además, trabajaban en la misma oficina. Acabarían por aburrirse. La novedad se perdería. Despertar juntos. No era muy agradable, en realidad. Ella verá cómo te lavas los dientes. Tú la verás desmaquillarse, untarse cremas, ponerse las ligas… Creo que has hecho mal, Juan Luis. ¿No ibas en busca de la independencia? ¿Para qué te has echado esa carga encima? En ese caso, más te hubiera valido quedarte en México. Pero por lo visto es difícil huir de las convenciones en las que nos han criado. En el fondo, aunque no hayas cumplido las formas, estás haciendo lo que papá y mamá y todos siempre han esperado de ti. Te has convertido en un hombre ordenado. Tanto que nos divertimos con Doris y Sophia y Marie-José. Lástima.

No nos escribimos durante un año y medio. Mi vida no cambió para nada. La carrera se volvió un poco inútil, repetitiva. ¿Cómo te van a *enseñar* literatura? Una vez que me pusieron en contacto con algunas cosas, supe que me correspondía volar sola, leer y escribir y estudiar por mi cuenta y sólo seguí asistiendo a clase por disciplina, porque tenía que terminar lo que había empezado. Se vuelve tan idiota y tan pedante que le sigan explicando a uno lo que ya sabe a base de esquemas y cuadros sintéticos. Es lo malo de ir por delante de los maestros, y ellos lo saben pero lo ocultan, para no quedarse sin chamba. Íbamos entrando al Romanticismo y yo ya estaba leyendo a Firbank y Rolfe y hasta había descubierto a William Golding. Tenía un poco asustados a los profesores y mi única satisfacción en esa época eran los elogios en la Facultad: Claudia es una promesa. Me encerré cada vez más en mi cuarto, lo arreglé a mi gusto, ordené mis libros, colgué mis reproducciones, instalé mi tocadiscos y mamá se aburrió de pedirme que conociera muchachos y saliera a bailar. Me dejaron en paz. Cambié un poco mi guardarropa, de los estampados que tú conociste a la blusa blanca con falda oscura, al traje sastre, a lo que me hace sentirme un poco más seria, más severa, más alejada.

Parece que hemos llegado al aeropuerto. Giran las pantallas de radar y dejo de hablarte. El momento va a ser desagradable. Los pasajeros se remueven. Tomo mi bolsa de mano y mi estuche de maquillaje y mi abrigo. Me quedo sentada esperando que los demás bajen. Al fin, el chofer me dice:

—Nous voilà, mademoiselle. L'avion part dans une demi-heure.

No. Ése es el otro, el que va a Milán. Me acomodo el gorro de piel y desciendo. Hace un frío húmedo y la niebla ha ocultado las montañas. No llueve, pero el aire contiene millones de gotas quebradas e invisibles: las siento en el pelo. Me acaricio el pelo rubio y lacio. Entro al edificio y me dirijo a la oficina de la compañía. Digo mi nombre y el empleado asiente en silencio. Me pide que le siga. Caminamos por un largo corredor bien alumbrado y luego salimos a la tarde helada. Cruzamos un largo trecho de pavimento hasta llegar a una especie de hangar. Camino con los puños cerrados. El empleado no intenta conversar conmigo. Me precede, un poco ceremonioso. Entramos al depósito. Huele a madera húmeda, a paja y alquitrán. Hay muchos cajones dispuestos con orden, así como cilindros y hasta un perrito enjaulado que ladra. Tu caja está un poco escondida. El empleado me la muestra, inclinándose con respeto. Toco el filo del féretro y no hablo durante algunos minutos. El llanto se me queda en el vientre, pero es como si llorara. El empleado espera y cuando lo cree conveniente me muestra los distintos papeles que estuve tramitando durante los últimos días, los permisos y vistobuenos de la policía, la salubridad, el consulado mexicano y la compañía de aviación. Me pide que firme de conformidad el documento final de embarque. Lo hago y él lame el reverso engomado de unas etiquetas y las pega sobre el resquicio del féretro. Lo sella. Vuelvo a tocar la tapa gris y regresamos al edificio central. El empleado murmura sus condolencias y se despide de mí.

Después de arreglar los documentos con la compañía y las autoridades suizas, subo al restaurante con mi pase entre los dedos y me siento y pido un café. Estoy sentada junto al ventanal y veo a los aviones aparecer y desaparecer por la pista. Se pierden en la niebla o salen de ella, pero el ruido de los motores los precede o queda detrás como una estela sonora. Me dan miedo. Sí, tú sabes que me dan un miedo horroroso y no quiero pensar en lo que será este viaje de regreso contigo, en pleno invierno, mostrando en cada aeropuerto los documentos con tu nombre y los permisos para que puedas pasar. Me traen el café y lo tomo sin azúcar; me sienta bien. No me tiembla la mano al beberlo.

Hace nueve semanas rasgué el sobre de tu primera carta en dieciocho meses y dejé caer la taza de café sobre el tapete. Me hinqué apresuradamente a limpiarlo con la falda y luego puse un disco, anduve por el cuarto mirando los lomos de los libros, cruzada de brazos; hasta leí unos versos, lentamente, acariciando las tapas del libro, segura de mí misma, lejos de tu carta desconocida y escondida dentro del sobre rasgado que yacía sobre un brazo del sillón.

¡Oh dulces prendas, por mi mal halladas,
dulces y alegres cuando Dios quería!
Juntas estáis en la memoria mía
y con ella en mi muerte conjuradas.

«Claro que nos hemos peleado. Ella sale golpeando
la puerta y yo casi lloro de la rabia. Trato de ocuparme pero no puedo y salgo a buscarla. Sé dónde está. Enfrente,
en La Clémence, bebiendo y fumando nerviosamente. Bajo por la escalera rechinante y salgo a la plaza y ella me
mira de lejos y se hace la desentendida. Cruzo el jardín
y subo al nivel más alto de Bourg-de-Four lentamente,
con los dedos rozando la balaustrada de fierro; llego al
café y me siento a su lado en una de las sillas de mimbre.
Estamos sentados al aire libre; en el verano el café invade
las aceras y se escucha la música del carrillón de St. Pierre. Claire habla con la mesera. Dicen idioteces sobre el
clima con ese odioso sonsonete suizo. Espero a que Claire apague el cigarrillo en el cenicero y hago lo mismo para
tocar sus dedos. Me mira. ¿Sabes cómo, Claudia? Como me
mirabas tú, encaramada en las rocas de la playa, esperando que te salvara del ogro. Tenías que fingir que no sabías
si yo venía a salvarte o a matarte en nombre de tu carcelero. Pero a veces no podías contener la risa y la ficción se
venía abajo por un instante. El pleito empezó por un descuido mío. Me acusó de ser descuidado y de crearle un
problema moral. ¿Qué íbamos a hacer? Si por lo menos
yo tuviera una respuesta inmediata, pero no, simplemente
me había enconchado, silencioso y huraño, y ni siquiera
había huido de la situación para hacer algo inteligente. En

la casa había libros y discos, pero yo me dediqué a resolver crucigramas en las revistas.

»—Tienes que decidirte, Juan Luis. Por favor.

»—Estoy pensando.

»—No seas tonto. No me refiero a eso. A todo. ¿Vamos a dedicarnos toda la vida a clasificar documentos de la ONU? ¿O sólo estamos viviendo una etapa transitoria que nos permita ser algo más, algo que no sabemos todavía? Estoy dispuesta a cualquier cosa, Juan Luis, pero no puedo tomar decisiones yo sola. Dime si nuestra vida juntos y nuestro trabajo es sólo una aventura; estaré de acuerdo. Dime si las dos cosas son permanentes; también estaré de acuerdo. Pero ya no podemos actuar como si el trabajo fuera pasajero y el amor permanente, ni al revés, ¿me entiendes?

»¿Cómo iba a explicarle, Claudia, que su problema me resulta incomprensible? Créeme, sentado allí en La Clémence, viendo pasar a los jóvenes en bicicleta, escuchando las risas y murmullos de los que nos rodeaban, con las campanas de la catedral repiqueteando su música, créeme, hermana, huí de todo ese mundo circundante, cerré los ojos y me hundí en mí mismo, afiné en mi propia oscuridad una inteligencia secreta de mi persona, adelgacé todos los hilos de mi sensibilidad para que al menor movimiento del alma los hiciese vibrar, tendí toda mi percepción, toda mi adivinanza, toda la trama del presente como un arco, para disparar al futuro y revelarlo hiriéndolo. Esta flecha salió disparada y no había un blanco, Claudia, no había nada hacia adelante y toda esa construcción interna y dolorosa —sentía las manos frías por el esfuerzo— se derrumbaba como una ciudad de arena al primer asalto de las olas; pero no para perderse, sino para regresar al océano de eso que llaman memoria; a la niñez, a los juegos, a nuestra playa, a una alegría y un calor que todo lo demás sólo trata de imitar, de prolongar, de confundir con proyectos de futuro y reproducir con sorpresas de presente. Sí, le dije que estaba bien; buscaríamos un apartamento más grande. Claire va a tener un niño.»

Ella misma me dirigía una carta con aquella letra que sólo había visto en la tarjeta postal de Montreux. «Sé lo importante que es usted para Juan Luis, cómo crecieron juntos y todo lo demás. Tengo muchos deseos de tratarla y sé que seremos buenas amigas. Créame que la conozco. Juan Luis habla tanto de usted que a veces hasta siento celos. Ojalá pueda venir a vernos algún día. Juan Luis ha hecho muy buena carrera y todos lo quieren mucho. Ginebra es chica pero agradable. Nos hemos encariñado con la ciudad por los motivos que podrá adivinar y aquí haremos nuestra vida. Todavía podré trabajar varios meses; estoy sólo en el segundo mes del embarazo. Su hermana, Claire.»

Y del sobre cayó la nueva foto. Has engordado y me lo adviertes en el reverso: «Demasiada fondue, hermanita». Y te estás quedando calvo, igual que papá. Y ella es muy hermosa, muy Botticcelli, con su cabello largo y rubio y una boina muy coqueta. ¿Te has vuelto loco, Juan Luis? Eras un joven hermoso cuando saliste de México. Mírate. ¿Te has visto? Cuida la dieta. Sólo tienes veintisiete años y pareces de cuarenta. ¿Y qué lees, Juan Luis, qué te preocupa? ¿Los crucigramas? No puedes traicionarte, por favor, sabes que yo dependo de ti, de que tú crezcas conmigo; no te puedes quedar atrás. Prometiste que ibas a seguir estu-

diando allá; se lo dijiste a papá. Te está cansando el trabajo de rutina. Sólo tienes ganas de llegar a tu apartamento
y leer el periódico y quitarte los zapatos. ¿No es cierto?
No lo dices, pero yo sé que es cierto. No te arruines, por
favor. Yo he seguido fiel. Yo mantengo viva nuestra niñez.
No me importa que estés lejos. Pero tenemos que seguir
unidos en lo que importa; no podemos conceder nada a lo
que nos exige ser otra cosa, ¿recuerdas?, fuera del amor
y la inteligencia y la juventud y el silencio. Quieren de-
formarnos, hacernos como ellos; no nos toleran. No sir-
vas, Juan Luis, te lo ruego, no olvides lo que me dijiste
aquella tarde en el café de Mascarones. Una vez que se da
el primer paso en esa dirección, todo está perdido; no hay
regreso. Tuve que enseñarle tu carta a nuestros padres.
Mamá se puso muy mala. La presión. Está en Cardiología.
Espero no darte una mala noticia en mi siguiente. Pienso
en ti, te recuerdo, sé que no me fallarás.

Llegaron dos cartas. Primero la que me dirigiste, di-
ciéndome que Claire había abortado. Luego la que le en-
viaste a mamá, anunciando que ibas a casarte con Claire
dentro de un mes. Esperabas que todos pudiéramos ir a la
boda. Le pedí a mamá que me dejara guardar su carta junto con las mías. Las puse al lado y estudié tu letra para saber si las dos estaban escritas por la misma persona.

«Fue una decisión rápida, Claudia. Le dije que era
prematuro. Somos jóvenes y tenemos derecho a vivir sin
responsabilidades por algún tiempo. Claire dijo que estaba bien. No sé si comprendió todo lo que le dije. Pero tú
sí, ¿verdad?»

«Quiero a esta muchacha, lo sé. Ha sido buena y com-
prensiva conmigo y a veces hasta la he hecho sufrir; ustedes

41

no se avergonzarán de que quiera compensarla. Su padre es viudo; es ingeniero y vive en Neuchatel. Ya está de acuerdo y vendrá a la boda. Ojalá que tú, papá y Claudia puedan acompañarnos. Cuando conozcas a Claire la querrás tanto como yo, mamá.»

Tres semanas después Claire se suicidó. Nos llamó por teléfono uno de tus compañeros de trabajo; dijo que una tarde ella pidió permiso para salir de la oficina; le dolía la cabeza; entró a un cine temprano y tú la buscaste esa noche, como siempre, en el apartamento, la esperaste y luego te lanzaste por la ciudad pero no la pudiste encontrar; estaba muerta en el cine, había tomado el veronal antes de entrar y se había sentado sola en primera fila, donde nadie podía molestarla; llamaste a Neuchatel, volviste a recorrer las calles, los restaurantes y te sentaste en La Clémence hasta que cerraron. Sólo al día siguiente te llamaron de la morgue y fuiste a verla. Tu amigo nos dijo que debíamos ir por ti, obligarte a regresar a México: estabas enloquecido de dolor. Yo le dije la verdad a nuestros padres. Les enseñé la última carta tuya. Ellos se quedaron callados y luego papá dijo que no te admitiría más en la casa. Gritó que eras un criminal.

Termino el café y un empleado señala hacia donde estoy sentada. El hombre alto, con las solapas del abrigo levantadas, asiente y camina hacia mí. Es la primera vez que veo ese rostro tostado, de ojos azules y pelo blanco. Me pide permiso para sentarse y me pregunta si soy tu hermana. Le digo que sí. Dice que es el padre de Claire. No me da la mano. Le pregunto si quiere tomar un café. Niega con la cabeza y saca una cajetilla de cigarros de la bolsa del abrigo. Me ofrece uno. Le digo que no fumo. Trata de sonreír y yo me pongo los anteojos negros. Vuelve a meter la mano a la bolsa y saca un papel. Lo coloca, doblado, sobre la mesa.

—Le he traído esta carta.

Trato de interrogarlo con las cejas levantadas.

—Tiene su firma. Está dirigida a mi hija. Estaba sobre la almohada de Juan Luis la mañana que lo encontraron muerto en el apartamento.

—Ah sí. Me pregunté qué habría sido de la carta. La busqué por todas partes.

—Sí, pensé que le gustaría conservarla —ahora sonríe como si ya me conociera—. Es usted muy cínica. No se preocupe. ¿Para qué? Ya nada tiene remedio.

Se levanta sin despedirse. Los ojos azules me miran con tristeza y compasión. Trato de sonreír y recojo la carta. El altoparlante:

—… le départ de son vol numéro 707… Paris, Gander, New York et Mexico… priés de se rendre à la porte numéro 5.

Tomo mis cosas, me arreglo la boina y bajo a la puerta de salida. Llevo la bolsa y el estuche en las manos y el pase entre los dedos, pero logro, entre la puerta y la escalerilla del avión, romper la carta y arrojar los pedazos al viento frío, a la niebla que quizá los lleve hasta el lago donde te zambullías, Juan Luis, en busca de un espejismo.

Almudena Grandes
Amor de madre

Es ella, ¿no se acuerdan?, mi hija Marianne, la joven-
cita que está a mi lado en esta diapositiva, la misma... A ver,
voy a quitarme de delante para que la vean mejor... Claro,
si ya sabía yo que la recordarían, con la de disgustos que
me ha dado durante tantos años, un quebradero de cabeza
perpetuo, no se lo pueden ustedes ni figurar, o bueno, a lo
mejor sí que se lo figuran, porque si no me hubiera toca-
do en suerte una hija así, no seguiría viniendo yo a estas
reuniones, todos los lunes y todos los jueves, sin faltar uno,
en fin... Y no saben lo mona que era de pequeña, pero mo-
nísima, de verdad, una ricura de cría, alegre, dócil, ordenada, obediente. Cuando era bebé, y la sacaba en su cocheci-
to a dar un paseo por la avenida, tardaba más de media
hora en recorrer cien metros, en serio, porque al verla tan
gordita, tan rubia, tan sonrosada..., en resumen, tan guapa,
todas las señoras se paraban a admirarla, y le acariciaban
las manitas, y le hacían cucamonas, y le mandaban besitos
en la punta de los dedos, bueno, esa clase de cosas que se
les hacen a los niños que se crían tan hermosos como ésta,
que parecía un anuncio de Nestlé, eso mismo parecía. De
más mayorcita, en el colegio, hacía todos los años de Virgen María en la función de Navidad —pero todos los años,

44

¿eh?, no uno, ni dos, no se vayan a creer, sino todos, ¡yo me sentía tan orgullosa!—, y por las noches, cuando se quitaba la blusa del uniforme, me encontraba el cuello y los puños igual de limpios que cuando se la había puesto por la mañana, pero lo mismo lo mismo, blanquísimos. Mi Marianne no practicaba deportes violentos, no se revolcaba por el suelo, no se pegaba con sus compañeras, qué va, nada de eso. Era una alumna ejemplar, todas las maestras lo decían, tan simpática, tan abierta, tan sociable que, como suele decirse, se iba con cualquiera. ¡Quién nos iba a decir, a sus maestras y a mí, que con el tiempo el principal problema de mi hija acabaría siendo precisamente ése, que se larga con cualquiera!

Al llegar a la adolescencia, empezó a torcerse, ésa es la verdad. Antes de cumplir los veinte años, ya se había aficionado a montarme unas escenas atroces, y llegaba a ponerse como una fiera, en serio, chillando, pataleando, me hacía pasar unos bochornos espantosos, qué apuro, todos los vecinos la escuchaban, a mí me resultaba tan violento... Al final, cogía la puerta y salía sin mi permiso, gritando que ya estaba harta de que no la dejara hacer nada. ¡Nada! ¿Se lo pueden creer? Pues eso me decía, que no la dejaba hacer nada, y a mí me daba por llorar, porque... ¡qué barbaridad!, ¡qué ingratos pueden llegar a ser los hijos! Creo que fue entonces cuando empecé a permitirme alguna que otra copita, lo confieso, sé que no está nada bien, pero Marianne estaba ahí fuera, en la calle, rodeada de peligros, y yo no podía vivir, ésa es la verdad, que no podía ni respirar siquiera imaginando los riesgos que correría mi niña, sola entre extraños, en locales subterráneos, ese aire mefítico, cargado de humo, y de vapores alcohólicos, y del producto de los cuerpos de tantos hombres sudorosos, esas enormes manchas húmedas que sin duda exhibirían sus camisetas oscuras cuando levantaran los brazos para abandonarse a esos ritmos infernales, y las motos, eso era lo que más miedo me daba, que Marianne se montara en una moto, con la cantidad de accidentes que hay en cada esquina, y violadores, y asesinos, y drogadictos, y extranjeros, que no hay derecho, es que no hay derecho, desde luego, sacar adelante a un ángel para condenarlo luego a vivir en el infierno, para que luego digan que la maternidad no es un drama... En fin, que era un no vivir, les juro que era un auténtico no vivir, y fíjense que lo intenté todo, todo, para retenerla, pero ella se negó a seguir celebrando guateques en casa, como antes, decía que todas sus amigas no querían venir, con lo buenas que me salen a mí las mediasnoches, que les pongo mantequilla por los dos lados, qué ingratitud, y entonces me dejaba sola, y yo me tomaba una copita, y luego otra, y luego otra, hasta que oía el chirrido de su llave en la cerradura, a las diez, o a las diez y media de la noche, porque la muy desaprensiva nunca llegaba antes, qué va, y bien que ha sabido siempre que a mí me gusta cenar a las ocho y media...

Claro que lo peor todavía estaba por llegar. Lo peor no mediría más de un metro cincuenta y siete, tenía el pelo negro, crespo, largo, y una cara peculiar, despejada por los bordes y atiborrada de rasgos en el centro, como si las cejas, los ojos, la nariz, los pómulos y los labios —unos morros gordos, pero gordísimos, se lo juro, propiamente como los de un mono— se quisieran tanto que pretendieran montarse unos encima de otros, juntarse, apiñarse, competir por el espacio. Se llamaba Néstor Roberto, tocaba la trompeta

—¡que era lo que le faltaba, vamos, con esa boca!—, y había nacido en El Salvador. ¡Era salvadoreño! ¿Se lo pueden imaginar? ¡Salvadoreño! Y a ver, díganme ustedes…, ¿puede una madre europea conservar la calma cuando su única hija se lía con un salvadoreño? Naturalmente que no. Por eso le dije a Marianne que tenía que elegir. Y Marianne eligió. Y se fue de casa con el salvadoreño.

Durante los siguientes tres años, apenas la vi algún domingo a la hora de comer. Reconozco que mi vicio aumentó —me pasé al coñac, dejé de imponerme un límite diario, me enchufaba alguna que otra copa por las mañanas—, pero debo especificar, en mi descargo, que el vicio de mi hija empeoró mucho más intensamente que el mío. Después del salvadoreño, vino un paquistaní, tras el paquistaní, se lió con un argelino, y terminó abandonando a aquel moro por un terrorista —activista, decía ella, la muy liante— norteamericano del Black Power. El caso es que este último me sonaba bastante, y por eso me interesé por él, no fuera a ser atleta, o baloncestista, no sé, o músico de jazz, porque podría estar forrado de pasta, y eso significaría que mi hija no habría perdido del todo su cordura, porque, sinceramente, en cualquiera de esos casos, el color de su piel, siendo un detalle importante, pues tampoco… importaría tanto, las cosas como son, pero en qué hora se me ocurrió preguntar, Dios bendito, ¡en qué hora, Jesús, María y José me valgan siempre! No, mamá, me dijo Marianne, te suena porque hace unos años, cuando vivía en Nueva York, fue modelo de un fotógrafo muy famoso, ese que se ha muerto de sida… Yo no caía, y ella pronunció un apellido indescifrable, que sí, mujer, continuó, si es ese que ahora se ha puesto de moda porque le censuran las exposiciones... Cuando me enseñó las fotos —y eso que las iba escogiendo, que se guardaba en el bolsillo por lo menos dos de cada tres, como si yo fuera tonta—, bueno, pues cuando por fin vi aquellas fotos, creí que me moría, que me caía redonda al suelo creí, pero ella siguió hablando como si nada, sin comprender que me estaba matando, que yo me estaba muriendo al escuchar cada sílaba que pronunciaba. ¡No pongas esa cara, mamá!, eso me dijo, si las fotos son de hace mucho tiempo, de cuando vivía en América, y era homosexual, es cierto, pero ahora también le gustan las chicas. No te preocupes por mí, anda, si nunca he sido tan feliz... Eso me dijo, que nunca había sido tan feliz, y yo estuve borracha tres días, tres días enteros, lo reconozco, tres días, cuando me llamó para contarme que se marchaba con él en moto, hasta Moscú, de vacaciones, no fui capaz ni de asustarme siquiera.

En estas circunstancias, comprenderán ustedes que el accidente se me antojara un regalo de la Divina Providencia. Marianne volvía a estar en casa, en su cama, rodeada de sus muñecos, de sus peluches —que estaban como nuevos, porque yo los había seguido lavando a mano con un detergente neutro incluso después de que me abandonase, fíjense, si no la echaría de menos, que los cepillaba y todo, de verdad que parecían recién comprados—, vestida con un camisón azul celeste sobre el que yo misma había aplicado un delantero de ganchillo, y arropada con una mañanita de lana a juego, tejida también por mí, o sea, igual igual igual que cuando era una niña, aunque con todos los huesos rotos. Cuando estaba dormida, me sentaba a su lado, a mirarla, y me sentía tan feliz que me tomaba una copa para celebrarlo. Cuando estaba despierta, se quejaba constantemente de unos dolores tremendos, y yo no podía soportarlo, no podía soportar verla así, tan joven, mi niña, sufriendo tanto, así que me tomaba otra copa, para insuflarme fuerzas, y le daba un par de pastillas más. El médico se ponía pesadísimo, me lo había advertido un centenar de veces, que era peligroso sobrepasar la dosis, que aquellos calmantes creaban adicción, pero, claro, ¡qué sabrán los médicos del dolor de una madre...! Y los días pasaban, y Marianne mejoraba, su rostro recobraba el color, las heridas se cerraban sobre su piel blanca, tersa, y su carácter volvía a ser el de antaño, dócil y manso, dulce y sumiso, yo le metía en la boca aquellas pastillas maravillosas, le inclinaba la cabeza para que se las tragara, le daba un sorbo de agua y la miraba después, y ella me sonreía con los ojos en blanco, estaba tan contenta, y ya no me llevaba la contraria, ya no, nunca, dormía muchas horas, como cuando era un bebé, y por las noches se sentaba a mi lado a ver la televisión, y jamás se le ocurría cambiar de canal, todo le parecía bien, las dos unidas y felices otra vez, igual que antes.

Cuando aquella bruja me dijo que no podía seguir vendiéndome aquel medicamento sin una receta, creí que el mundo se me venía encima. Debo confesar, porque para eso estoy aquí, para confesar que soy alcohólica, que al volver a casa me cepillé una botella entera del brandy español más peleón que encontré en el supermercado, y todavía no habían dado las doce del mediodía. Pero... ¡háganse ustedes cargo de mi angustia, de mi desesperación! Todavía se me saltan las lágrimas al recordarlo, pensar en perderla otra vez, tan pronto, cuando apenas la había recobrado, a ella, que tan maltrecha había vuelto a mis brazos, que estaba deshecha, pobre hija mía, cuando por fin atinó a buscar refugio en mí, en su madre, la única persona que de verdad la quiere, que la ha querido y que la querrá durante el resto de su vida... Entonces decidí que nos vendríamos a vivir aquí, a la casa donde transcurrió mi maravillosa infancia, a este pueblecito de las montañas donde mi mejor amiga del colegio instaló, al terminar la carrera, una farmacia surtidísima, se lo aseguro, porque tiene de todo, mi amiga, y es madre de cuatro hijos, ¿cómo no iba a entender ella una cosa así? A grandes males, grandes remedios, eso me dijo, poniendo un montón de cajas sobre el mostrador, y aquí estamos. A Marianne le gusta mucho vivir en el campo, ya le encantaba esto de pequeña, cuando veníamos a veranear, y ahora, pues lo mismo, porque nunca dice nada, no se queja de nada, sólo sonríe, está todo el día sonriendo, pobrecilla, ahora es tan buena otra vez...

¿El chico? ¡Ah! El chico se llama Klaus, y es el novio de mi hija... Claro que les tiene que sonar, era el cajero del banco, ¿no se acuerdan? En cuanto que lo vi, me lo dije, éste sí que me gusta para Marianne. Alto, delgado, apuesto, nada que ver con la fauna de hace unos años, pero nada, ¿eh?, y bien simpático, sí señora por aquí, sí señora por allá, hasta cuando usted quiera, señora, aunque un poco corto sí que me pareció, la verdad, porque el primer día que hablamos ya le conté que yo tenía una hija guapísima, y le invité a cenar, y no vino. Me extrañó, pero pensé que a lo peor era tímido. Un par de días después volví a verle, y le llevé una foto de Marianne, pero se limitó a darme la razón como a los locos, pues sí que es guapa su hija, dijo, muy guapa, señora, claro que sí. Le volví a invitar a cenar y se excusó, no podía. Bueno, pues venga mañana, ofrecí, y él, dale que te pego, que tampoco podía al día siguiente, ni al otro, ni al otro, ¡me dio una rabia! Entonces dejé de hablar con él, y cuando necesitaba dinero me iba derecha al cajero automático. ¡Toma!, pensaba para mí, ¡fastídiate, que no vales más que esta máquina!

Pero no me resigno a no ser abuela, ésa es la verdad, que no me resigno. Y Marianne va a cumplir treinta años, por muy felices que seamos viviendo juntas las dos, necesita casarse, y yo necesito que se case, celebrar la boda, vestir el traje regional que mamá llevó a la mía, dejar escapar alguna lagrimita cuando ella diga que sí... ¡Vamos, qué madre renunciaría a un placer semejante! Sobre todo porque, bien mirado, esto no es un placer... ¡es un derecho! Así que, un jueves por la tarde, cuando venía a una de estas reuniones de Alcohólicos Anónimos, vi a Klaus cerrando la puerta del banco, y elaboré el plan perfecto. Una semana después, el mismo día, a la misma hora, me acerqué a él por la espalda y le puse en la sien izquierda la pistola de mi difunto marido, que en Gloria esté. ¡Hala, Klaus!, le dije, ahora vas a venirte conmigo... Déjeme, señora, le daré todo lo que llevo encima, decía, el muy desgraciado. Pero si esto no es un atraco, hijo, le contesté... ¡esto es un secuestro! Y el muy mariquita se me echó a llorar, se puso a gimotear como una niña. ¿Se lo pueden creer? ¡Ni hombres quedan ya en este asco de mundo!

Ahora vivimos los tres juntos, Klaus, Marianne y yo. ¿Que de cuándo es esta foto? De hace cuatro días... Sí, él no parece muy contento, intenta escaparse todo el tiempo, ésa es la verdad, que le tengo que atar a la cama con unos grilletes para que no se escape por la noche, pero ya se acostumbrará, ya... Yo procuro que esté entretenido, cortando leña, trabajando en el campo, arreglando la cerca, porque así lo lleva mejor y nos sale todo mucho más barato, por cierto, ya que no necesitamos a nadie, lo hacemos todo entre los dos, él trabaja y yo voy detrás, con la pistola... ¿Marianne? A ella todo le parece bien, ya ven cómo sonríe, alargando la mano para acariciarle... ¿Un gesto extraño? Bueno, sí, es que, desde que toma las pastillas, tiene los brazos como blandos, hace movimientos un tanto bruscos, inconexos, en fin... A mí sí que se me ve satisfecha, ¿verdad? Claro, porque estoy segura de que al final todo saldrá bien. Lo único que me hace falta ahora es dejar de beber, y luego, un buen día, ellos se mirarán a los ojos, y comprenderán, y todos mis sacrificios habrán servido para algo, porque, a ver... ¿qué no haría una madre por su única hija?

Joaquín Leguina
El desahogo

Mis padres ya vivían en Santander cuando estalló la guerra. Se habían trasladado a la capital, desde Laredo, en 1935, poco después de casarse. Mi madre, que había nacido en Ampuero, se ennovió con mi padre en la Batalla de Flores de 1931. Ella contaba que ese año la fiesta laredana resultó muy animada y alegre. «Aquél fue un verano en el que no llovió. No cayó una gota durante los tres meses», aseguraba. Más de una vez he preguntado si durante el primer verano de la República no había llovido y nadie lo ha avalado. Pero mi madre seguía sosteniendo su idea de una sequía que, al parecer, nunca existió. El sol de la felicidad debió de deslumbrar su alma enamorada. La única nube que era capaz de recordar era una imaginaria: «Viví aquellos años en una nube», solía repetir. Mis padres se casaron al comienzo de 1935, cuando la industria de conservas en la que trabajaba mi padre lo envió desde Laredo, lugar de su nacimiento, a Santander para dirigir las oficinas y el almacén que la empresa acababa de instalar en la calle Méndez-Núñez. Nosotros vivíamos en esa misma calle, en un piso muy amplio con dos acristaladas galerías, no lejos de la estación y del puerto.

Yo nací en junio de 1936, una muy mala fecha para venir al mundo, y no llegué a conocer a mi padre. Se lo llevó la guerra en el verano de 1937, pocos días antes de que las tropas italianas y algunas nacionales entraran en Santander. De niño y aún de joven no logré saber cuál había sido la aventura bélica de mi padre. Era un asunto tabú en nuestra familia, tanto en la materna como en la paterna. Mi abuela, que ya era viuda cuando yo nací, imponía el silencio acerca de su hijo, pensando, quizá, que así nos defendía. Muchos años después, cuando ya había muerto Franco y hubo ocasión de solicitar una pensión de viudedad para mi madre, pude ver el expediente militar de mi padre y, al fin, me enteré de que había llegado a capitán del ejército republicano. Cuando quise reprocharle a mi madre que me lo hubiera ocultado, sólo supo decir, entrecortada: «Estaba muy guapo con el uniforme..., no te hubiera beneficiado saberlo». Comprendí, entonces, las razones que mi abuela, una beata rígida que nos ayudaba con su dinero, tenía para denigrar a su hijo en mi presencia con frases despectivas que me martirizaban. «Tu marido siempre fue un tarambana», decía, y mi madre callaba.

En la casa de Méndez-Núñez, para sobrevivir en su estado de viuda sin recursos, mi madre montó una pensión que frecuentaban marinos, ferroviarios y agentes comerciales. Una muchacha fija y otra interina, que acudía todas las mañanas, trabajaban junto a ella para sacar adelante el negocio. De las dos galerías, mi madre había reservado una para uso familiar, allí estaba nuestra salita y, apartadas de la pensión propiamente dicha, dos habitaciones. En una de ellas dormíamos mi madre y yo, la otra, destinada a invitados, estaba casi siempre vacía. Las comidas las hacíamos en la cocina, muy amplia, y no en el comedor, reservado para los huéspedes.

Debió de ser en 1947, en todo caso después de la guerra mundial, pues recuerdo a dos marinos ingleses y rubios que se alojaban en casa aquel día, que era domingo. Marucha apareció acompañada de su tío, don Alberto, un señor alto y fuerte, vestido con una gabardina blanca y un sombrero negro que dejó colgados sobre la percha de árbol en el hall. El hombre vestía un traje azul y, nada más entrar, quiso encerrarse con su sobrina y con mi madre en la salita reservada para nosotros, donde escuchábamos la radio y merendábamos. Luego Marucha y su tío se fueron a la habitación de invitados. Ya de noche, el tío de Marucha se despidió y desde la galería lo vimos marchar conduciendo un coche negro.

Marucha era de Lejona. «De Bilbao no, de Lejona», solía corregir a quienes con frecuencia confundían toda Vizcaya con su capital. Tendría entonces, calculo ahora, poco más de veinte años, y era guapa. Grande y hermosa. Con el pelo muy negro, los ojos oscuros, las uñas pintadas de un rojo bermellón y se acicalaba mucho cuando se decidía a salir. Los labios sensuales y pintados la convertían en objeto de atención. Yo, que a menudo era pretexto para sus salidas y que ejercía involuntariamente de pequeña carabina, hube de escuchar a nuestro paso no pocos comentarios. Desmadrados, elogiosos y en voz alta cuando provenían de varones. Arteros, maliciosos y llenos de veneno cuando era una mujer quien los emitía. Me gustaba que los hombres la confundieran, alternativamente, con mi madre y con mi hermana. «Vaya mamá más guapa que tienes, chaval», y ni ella, haciéndose la desentendida, ni yo decíamos nada para sacarlos del error.

La llegada de Marucha representó para mí un gran cambio, un juego divertido, la ruptura con la monotonía.

Me iba a buscar al colegio, me llevaba a El Sardinero y al cine. Las chucherías y antojos que mi madre me negaba se los sacaba a ella. Y, sobre todo, me leía cuentos. Algunas veces, cuando yo estaba metido en la cama, se acercaba para darme las buenas noches y entonces me contaba historias de brujas y de aparecidos que me inquietaban. Morboso, yo se las solicitaba con insistencia.

El tío de Marucha la visitaba algunos fines de semana. El ritual siempre era el mismo. Llegaba los sábados por la tarde y se encerraban ambos en la habitación, de la cual salían, primero, para cenar en la salita y, luego, para desayunar el domingo en el mismo lugar. Un desayuno extraordinario: chocolate, churros, pastas..., que íbamos a comprar la criada y yo con los veinte duros que el hombre dejaba siempre sobre la cómoda de la salita antes de irse a la cama. Nunca salían juntos a la calle.

Sólo una vez le pregunté a mi madre acerca de la anomalía que para mí representaba el hecho de que tío y sobrina compartieran la misma habitación. «En muchos sitios es costumbre», me dijo, falsamente distraída.

El tío de Marucha, hombre de pocas palabras, aunque generoso conmigo, no me resultaba simpático. Bien sabía yo que su presencia significaba la ausencia de Marucha, que aquellos domingos no saldríamos juntos a misa ni a comprar pasteles. Que tampoco habría cine. Marucha, aunque ni ella ni mi madre lo supieran, era mía, y su tío llegaba a nuestra casa para arrebatármela.

En esa edad, ni carne ni pescado, en tránsito hacia la pubertad, en la cual para los demás eres un niño y en tu interior te sientes hombre, el enamoramiento desparejado, desigual y confuso suele acudir con la obsesión como compañera inconfesable, y así ocurrió en mi caso. Si alguna vez, bien pocas, Marucha salía a la calle con mi madre, era el momento de registrar su habitación en busca de los secretos que se escondían dentro de los cajones donde ella guardaba la ropa. Yo buscaba especialmente aquella que, por haber estado en contacto con su cuerpo, más me lo recordaba. Así descubrí un par de ligueros cuya utilidad no fui capaz de deducir, dada su complicada construcción y su inimaginable enlace alrededor de la cintura. ¿Para qué podía servir aquel embrollo de tiras elásticas? En alguna ocasión, como quien no quiere la cosa, intuyendo que estaba en su cuarto vistiéndose o lo contrario, abría yo la puerta y nunca me rechazó. Continuaba con su labor de ponerse o quitarse las medias, de colocarse o sacarse el vestido, de mirarse en el espejo y yo podía, a mis anchas, contemplar sus largas y desnudas piernas. Con habilidad me agachaba y, con suerte, veía, allá en el fondo de sus prietos muslos, brillar el satén negro de la braga. Acumulaba entonces, como los dromedarios, el agua limpia que serviría para saciar mis nacientes deseos durante muchas noches.

En los días soleados del verano, Marucha me llevaba a la playa. Tomábamos el tranvía en Correos y nos bajábamos en el Rhin, frente a la primera. Yo chapoteaba en la orilla mientras ella, si las olas no eran bravas, se adentraba algo en el mar. «Aquí, en la orilla, no se puede nadar», decía.

Fue en el verano de 1950, poco antes de que ocurriera el desastre, cuando después de abandonar la playa, un día como cualquier otro, nos sentamos a tomar un refresco con aceitunas en la terraza del Rhin. De pronto, vi a un hombre que hacía señas a Marucha. Ella se levantó y me dijo que no me moviese de allí, pues tenía que hablar con él. Juntos y en actitud discutidora, atravesaron la avenida para entrar en el hall del hotel Sardinero. Tras un buen rato, Marucha volvió. «Era un amigo de Bilbao», me dijo por toda explicación.

Aquel encuentro le había dejado un poso de inquietud que alteró su ánimo. Los días siguientes, noté en ella nervios y desasosiego. Se ausentaba de la conversación durante las comidas, sonreía sin la chispa de humor con que solía hacerlo, pasaba su mano piadosamente por mi cabeza rapada, me besaba con más frecuencia y menos alegría de lo acostumbrado. En fin, alguna preocupación la atenazaba.

El día de la Virgen de agosto brillaba el sol como pocas veces. Soplaba un suave viento sur que empujaba hacia arriba la temperatura provocando bochorno en el ambiente. «Aprovechad para ir a la playa, que cuando pare el viento, lloverá», nos advirtió mi madre. Y, de inmediato, salimos hacia El Sardinero. Marucha llevaba puesto un vestido estampado de manga corta sobre su bañador y calzaba unas sandalias de cuero, sin tacones. De su hombro colgaba un bolso pajizo y unas gafas ahumadas de carey completaban su atuendo. Al llegar al edificio de Correos me dijo que esperara un momento, pues quería comprar sellos. En lugar de quedarme en la plaza, subí tras ella los escasos escalones y, a la sombra, desde la puerta abierta, vi cómo, en vez de dirigirse al mostrador, se fue hacia uno de los teléfonos y desde allí habló con alguien. Nada le pregunté. Tomamos el tranvía y llegamos a la primera playa que, por ser fiesta, acogía a más gente de lo acostumbrado en días de diario. Estuvimos un tiempo chapoteando en la orilla y después ella se tumbó a tostarse. Mientras, yo seguí en el agua, advertido, como siempre, de que no debía meterme en el mar por encima de las rodillas, advertencia que a mis catorce años me mortificaba y solía saltármela para tirarme de cabeza contra las olas a punto de romper. Así fui sorprendido por Marucha, que no me reprendió, pero sí me exigió que me sentara y vigilara nuestra ropa mientras ella nadaba un rato. Aunque era muy aburrido estar sin hacer nada, obedecí y, cansado de mirar a los bañistas que se arremolinaban, agarrándose a una maroma anclada mar adentro, que servía para evitar ser arrastrados por la, inexistente aquel día, resaca, me puse a leer un libro, propiedad y herencia de mi padre, que Marucha había llevado a la playa para entretenerse mientras tomaba el sol. *Mister Witt en el Cantón*, ése era el título.

Marucha tardaba más de lo que en ella era habitual y empecé a inquietarme. Quizá se había despistado entre tanta gente, pero no quise ir en su busca. Si lo hago, nos perderemos los dos, pensé. Pasó el tiempo y comenzó a entrarme miedo. Una sensación difusa de abandono, una situación que se me iba de las manos y me atosigaba. Venciendo la timidez; pregunté la hora a un señor vestido con tan sólo un pantalón de mil rayas y calcetines grises, que cuidaba de dos niñas muy pequeñas, gemelas, desnudas y rebozadas en arena. Era ya la hora de volver a casa. Una bola de angustia se me colocó en el estómago. Deseé ponerme a llorar, gritando que me habían dejado solo, pero un muchacho de catorce años «es ya un hombre», así me lo repetían familiares y desconocidos. Esperé y esperé, y al cabo, la gente comenzó a abandonar la playa. La desaparición de Marucha me oprimía, pero no podía imaginar que le hubiera pasado algo sin que nadie lo viera. «No creo que se haya ahogado», me dijo el guardia cuando no pude aguantar más y me dirigí a los servicios playeros que estaban bajo la terraza del Rhin para decir allí que «mi tía» se había perdido. En contraste con la pachorra que mostraba la autoridad municipal en uniforme blanco, un grupo de muchachos musculosos y en traje de baño, que allí ejercían de salvavidas, organizó rápidamente una «batida», esa palabra emplearon.

Los de la batida tardaban en volver y cada minuto aumentaba mi angustia, a la que se vino a sumar la desazón de intuir lo que estaría pasando a esas horas por la cabeza de mi madre, ya de por sí alarmista. En la compañía nada atenta de los dos municipales, que devoraban unos bocadillos regados con el vino de una botella que se llevaban, alternativamente, a la boca, mi desesperación contrastaba con la conversación trivial y burocrática que mantenían entre sí los guardias. Al fin, sin esperar a que regresaran los mocetones de la batida, me vestí y saqué del bolso de Marucha la cartera con el dinero. Les pedí a los guindillas que cuidaran de las escasas ropas de «mi tía» y, anunciando que no tardaría mucho en regresar acompañado, me dirigí al tranvía. Corriendo, echando los bofes por la boca, al fin irrumpí en casa y aún tardé en poder contestar a las entrecruzadas preguntas de mi madre que me atosigaba con sus demandas de información.

Volvimos sin tardanza a El Sardinero y ya durante el viaje de retorno, que hicimos en un taxi tomado junto a la estación, mi madre comenzó a soltar las primeras lágrimas que no hicieron sino incrementarse cuando, ya en la playa, los jóvenes de la batida nos dieron cuenta de lo infructuosa que había resultado la búsqueda. «El cadáver volverá a la costa, siempre vuelven», dijo, sentencioso, uno de los municipales. Al oír aquellas palabras funerales, tan ayunas de tacto, mi madre se deshizo en lágrimas y a mí, en lugar de mantener el tipo, como correspondía a «un hombre hecho y derecho», me salieron hipidos que pronto se transformaron en llanto.

El viento sur había parado y unas amenazadoras nubes grises cubrieron de inmediato el cielo para comenzar, poco después, a descargar un fuerte chaparrón que vació la playa. La mar se oscureció, aunque en el horizonte se veían algunos rayos de sol jugando con el agua.

Uno de los municipales nos acompañó a la comisaría para hacer la preceptiva denuncia. Un tipo de paisano, que lucía un bigotito estrecho y fumaba Ideales, se colocó tras la Olivetti y nos tomó declaración. «Le aconsejo, señora, que avise a la familia de la chica, aunque mientras no aparezca el cadáver, si es que realmente se ha ahogado, el juez no autorizará la inscripción del deceso en el registro.» Las palabras *cadáver* y *deceso* desataron, una vez más, el llanto de mi madre. El hombre salió de detrás del escritorio y nos acompañó hasta la puerta, no sin antes ofrecerle «un café o, quizá, una tila». Pero ella se lo agradeció sin aceptar.

Pasamos lo que quedaba de la tarde yendo y viniendo del edificio de Correos a casa. Mi madre registró la habitación de Marucha hasta dar con el teléfono de su tío y con la dirección de sus padres en Lejona. El teléfono del hombre correspondía a su fábrica de Baracaldo y, por ser fiesta, fue respondido por un guarda. En cuanto a los padres de Marucha, tras dudarlo mucho y sin saber qué iba a poner en él, mi madre decidió enviar un telegrama. «Marucha desaparecida, ahogada, muerta... ¿Qué decir?» Al fin, escribió: «Pónganse en contacto conmigo por un asunto grave», y añadió el número del vecino del cuarto, un abogado, el único equipado con teléfono en todo el edificio.

Serían las once de la noche cuando la mujer del abogado bajó a avisar de la llamada. Era el padre de Marucha a quien mi madre, entre sollozos, dio cuenta de lo sucedido. El pobre hombre anunció su llegada en la mañana del día siguiente.

Aquella noche tardé en dormirme y cuando, al fin, me tomó el sueño, las imágenes que me trajo me desvelaron y asustaron. Ya de madrugada, agotado, pude descansar profundamente. A las once me despertó mi madre y me comunicó que don Alberto, el tío de Marucha, estaba veraneando en Plencia con la familia y no vendría. Mejor, así no lo tendré que ver, pensé, sin decir nada.

Los padres de Marucha llegaron poco después. Eran dos aldeanos que se pasaron aquel día, ella sollozando y él apocado, de la comisaría al juzgado, sin poder resolver absolutamente nada. Anochecía cuando los acompañamos a la estación.

Unos días después, todavía en agosto, mi madre pagó una misa y fuimos a la iglesia, acompañados por las chicas de la pensión, a rezar por el alma de Marucha, cuya pérdida había dejado en mi corazón de adolescente un hueco que se llenó de amargura.

El cuerpo de Marucha nunca apareció, se lo tragó la mar, mas cuando, de tarde en tarde, a cuenta de algún naufragio u otra desgracia marinera, la radio anunciaba que en alguna playa o sobre los acantilados más remotos había aparecido un cuerpo sin identificar, mi madre y yo íbamos al depósito con la triste e inútil esperanza de poder darle a Marucha el descanso definitivo. «Es imposible que aparezca ya», nos decíamos, pero acudíamos allí en contra de toda lógica.

Pronto cambié mi vida colegial por la de un alevín de marino. Empecé a estudiar en la Escuela de Náutica, dispuesto a vestir el uniforme de oficial y enrolarme en un barco cuanto antes. Aunque ella bien sabía que aquel oficio viajero significaba perderme la mayor parte del tiempo, mi madre se tomó mi carrera como si de ésta dependiera, no sólo mi profesión, sino la vida eterna. Seguía mis calificaciones y avatares estudiantiles con una atención obsesiva. Y no hubo esfuerzo o herencia, en concreto la de mi abuela, que no estuviera dispuesta a sacrificar a mis estudios. De suerte que, pudiendo estudiar en Santander, me envió a Bilbao, donde yo pasaba de lunes a sábado, regresando los fines de semana, «pues en aquella escuela, según me han dicho, se sale mejor preparado y con muy buenas perspectivas».

Muchos años después, en abril de 1968, estando yo embarcado como oficial en un carguero de bandera española, que hacía la ruta Bilbao, Santander, Vigo, Lisboa, Cádiz, Canarias y vuelta, lo que me permitía pasar en Santander y en Bilbao aproximadamente una semana de cada mes, una mañana, habiendo entrado en puerto con la marea temprana, llegué muy pronto a casa, tanto, que mi madre aún no se había levantado. Entré en su cuarto para saludarla y, antes de preguntarme por la travesía, me dijo: «¿A que no sabes quién *nos* ha escrito?». Y, sin esperar respuesta a su, más bien retórica, pregunta, me lo comunicó: «¡Marucha!... Está viva y en Buenos Aires». La noticia me dejó de una pieza y, en lugar de alegrarme, produjo en mí la decepción de quien se ha visto burlado. Tanto llanto, la añoranza de años, el vacío de la pérdida... se deshacían en un vulgar engaño.

La carta, que mi madre me pasó de inmediato, no iba dirigida a *nosotros*, sino a ella, aunque en el texto Marucha se interesaba por mí con palabras cariñosas. Intentaba justificar su imperdonable acción. Según ella, don Alberto, su *tío*, a quien decía detestar, la habría seguido por tierra, mar y aire, si se hubiera fugado, sin más, de la prisión en que la tenía encerrada, primero, en Bilbao y, luego, en Santander. Un paisano suyo de Lejona, su primer novio, maquinista en un barco de la Transatlántica, había preparado con ella la huida. Se disculpaba, finalmente, por los daños causados.

«Vaya impostora», fue mi comentario cuando terminé de leer los dos folios. Mi madre, de cuya boca no salió ni un reproche, sino que, como carcelera involuntaria, se sintió solidaria y concernida en la aventura, inició con *la desahogada* una correspondencia que incluía intercambio de fotos y noticias locales. Fotografías mías, siempre vestido de uniforme, entre ellas. En las suyas, llegadas por correo, se mantenía hermosa, aunque en sus ojos me pareció entrever una mezcla de dureza y amargura.

Abandonada por su libertador pocos años después de la partida, aseguraba haber tenido mucha suerte y disponer de un buen trabajo estable y ninguna gana de regresar a España. «Aquí, en Argentina, a nadie le importa mi pasado», añadía.

En 1970 cambié de compañía, pasando a un petrolero con bandera de conveniencia que trabajaba, en España, para Campsa. Primero hacia los Emiratos y poco después en travesías hasta Venezuela, Sao Paulo y Buenos Aires. La primera vez que atracamos en el puerto de la capital argentina llevaba en el bolsillo la dirección de Marucha, pero no me decidí a visitarla. Temí una decepción y, sobre todo, que acudieran a mi boca reproches por aquel abandono, el engaño doloroso de mis catorce años, que no estaba olvidado ni suficientemente sumergido. Pero en enero del año siguiente, cuando amarramos en la dársena norte, ya estaba decidido a borrar de mi alma cualquier reticencia y, no sin temor a una gran decepción, a intentar recuperar tantos años de ausencia. Nos recibió un espléndido día de verano y, después de pasear un buen rato por el centro de la ciudad, ya anochecido, vestido con el uniforme recién estrenado, me dirigí a la calle Arenales, casi en su esquina con la avenida Pueyrredón. El edificio, de principios de siglo, era sólido y señorial. Llamé al timbre del portero automático y sin preguntar quién era abrieron desde arriba. Sólo se oyó una voz femenina que ordenaba «suba». Era el segundo piso y, algo inquieto, llamé a la puerta. Me abrió una señora de mediana edad vestida con el uniforme tradicional de las mucamas, negro y adornado con puntillas blancas. «¿Qué desea?», me dijo. Le di los nombres de Marucha y el mío, al cual añadí la referencia geográfica «de Santander». Se ausentó y enseguida volvió para acompañarme hacia el fondo de un interminable pasillo, poblado de múltiples puertas que supuse daban acceso a un buen número de habitaciones, hasta llegar a una salita recatada en la que había una librería y un televisor. Esperé allí tan sólo unos instantes. Se abrió la puerta y apareció ella. Venía como si se dispusiera para asistir a una recepción presidencial. Vestido negro, largo y escotado, tacón alto, recién peinada y en el cuello un sencillo collar de perlas, que me parecieron auténticas. Pronunció mi nombre y se acercó con los brazos abiertos para acogerme en ellos con un apretado abrazo que se fue trufando de caricias y besos.

Su belleza había madurado y el contacto con aquel cuerpo, que percibí con nitidez bajo la leve tela del vestido, me hizo olvidar cualquier agravio y sentí que se me acumulaba todo el deseo juvenil retenido durante tantos años. En su vientre hubo de notar el entusiasmo que no fui capaz de evitar, pero no se apartó, al contrario, pegando más si cabe su cuerpo contra el mío, cogió con sus dos manos mi cara para decirme: «Pero ¡qué guapo estás con ese uniforme tan lindo!». Y otra vez me besó, pero sus labios rojos no se dirigieron a una de mis mejillas sino a mi boca, que se abrió con la de ella para permanecer así durante mucho tiempo.

«No te engañaré más, te lo prometo», dijo, cuando, al fin, nos sentamos. «Aquí, en este negocio, que yo dirijo, trabajan muchas pibas, pero no dejaré que te engatusen», me informó sonriente, sin que yo le hubiera pedido explicación alguna. «Tuve que trabajar en esto durante muchos años, pero ahora ya no. Dirigir un quilombo, perdona la palabra, da mucha plata. Hace tiempo que no necesito trabajar... Me alegra tanto verte.»

Hizo que nos sirvieran la cena y después quiso que saliéramos a escuchar tangos. Ya tarde, la acompañé de vuelta y cuando tímidamente le indiqué que debía volver al barco, pues no había traído conmigo ni siquiera el cepillo de dientes, me conminó a quedarme. «Mañana iremos a buscar tus cosas. Ahora es muy tarde.» Entramos en la casa, donde se percibía un discreto trasiego. «Te llevaré a tu habitación», me dijo. Entonces, me atreví a sugerirle: «Y en la tuya, ¿no hay sitio para mí?». Me miró, seria, para deshacerse de inmediato en una sonrisa. «Sí —contestó—, pero con una condición: tu mamá no debe enterarse».

Manuel Longares
Morbo

Mi piba dice que exagero aunque es ella la que desvaría. Y yo honestamente se lo indico:

—Buscas lo que no hay.

Pero quiere carnaza y me obliga a repetir lo de aquella tarde de verano, cuando al cruzar por la sastrería de Bergasa me sale una voz de hombre desde el sotanillo donde trabajan las modelos:

—¿Te la meto al bies?

A mí no me extraña que la gente pida bronca en la siesta porque el calor acosa lo suyo. Pero también puede ser lo que dice la piba atragantándose de risa, cuando se lo cuento:

—El sexo te ciega.

Le digo que eso mismo pensé al escuchar la voz en la tienda de Bergasa porque con cuarenta grados a la sombra yo desbarro. Pero cuando ya me retiraba oigo de nuevo que reclaman jarana desde el sotanillo. Esta vez es una mujer la que contesta al hombre que quería metérsela:

—Prueba por derecho.

Y siempre que se lo relato a la piba, añado lo que oí a la susodicha —y que me muera si miento:

—Pero si te gusta más, me la metes doblada.

Mi piba lo vive como si ocurriese ahora. Y aunque sea hembra, seguramente hubiera hecho lo mismo que yo al escuchar la proposición, detenerse a ver qué se cuece ahí abajo. Conque estaba forzando las bisagras para tumbarme en la acera todo lo largo que soy y divisar el sotanillo a través del enrejado que hay a nivel del suelo, cuando oigo decir al hombre:

—Te la meto.

Y no dice dónde ni cómo ni me da tiempo a atisbarlo pues ya no tengo articulaciones de chaval, pero el tío pincha en hueso o acierta de lleno porque en cualquier caso ella vocea como si la matasen. Y entonces mi piba se troncha de ansiedad aunque se lo haya contado mil veces. Y a mí no me importa repetirlo otras tantas porque se lo estaría diciendo toda la vida:

—Te la meto.

Me relamo al decirlo y mi piba se conmociona y menea el busto de diosa. Momento en el que me descompongo, y sin retirar la vista de sus encantos le planteo seriamente mi necesidad. Digo:

—¿Nos acoplamos, cuchicuchi?

Pero la muy zorra no quiere hacerlo aquí. Dice con dengue:

—Aquí, como gitanos, no.

Y tampoco en el ascensor o en el aparcamiento porque asegura que no es su estilo. Yo se lo he planteado muy clarito:

—No quieres hacerlo en el callejón ni en el cine equis ni en el parque, tré bian. Pues vamos donde Saturio, que es de confianza y pone sábanas limpias.

No digo trasladarnos al Caribe sino donde Saturio, en la misma boca del metro. Pero la piba argumenta que Saturio está lejos de su casa, con lo que no me deja otra opción que despedirme a la francesa y buscarme la vida con las titis del sex shop. Pero el día en que me dé el siroco, donde primero se me ocurra le digo:

—¿Permites?

Y sin esperar respuesta, en un santiamén le endoso la letra a lo que marque el contador. Porque soy un virtuoso en hacerlas parpadear, que quien me probó lo sabe.

—¿O es que no te mola el ñaca-ñaca?

Eso debería decirle a mi piba cada vez que me rechaza. Pero no estoy contando mi vida sino la del sátiro del sotanillo. Que después de endulzarle la vida a la modelo, aunque no sé si por derecho, doblada, o al bies, añade cariñoso:

—¿Mejor ahora?

Y cuando transmito sus palabras a la piba la veo pasadísima, igualito que yo entonces, al oír y no poder ver. Así que siempre que llego a este punto del relato le indico entre paréntesis, por si se ablanda con la expectativa y tiene un detalle conmigo:

—Le da babosa al tío porque mojó.

Y subrayo apretándole la mano para que repare en la doble intención de mi mensaje:

—Los tíos se derriten después de meterla.

No se le puede enseñar con más educación el intríngulis del casquete pero la piba que si quieres, tiesa y desapegada. Porque advierte como si supiera algo de la vida:

—Ya será menos.

Con lo que, por no armarla con ella, reanudo la historia según la oí, tirado sobre la acera como un mendigo;

y menos mal que se trataba de la hora de la siesta y en día de verano, que ni Dios anda por la calle; que si ocurre en otro tiempo y alguien por una casualidad me sorprende en esa invalidez de lagartija, boca abajo y afilando la vista a través del enrejado del sotanillo, seguro que sospecha y me denuncia a los pitufos.

—¿A que te sientes bien?

Juraría haber entendido eso pero pronto me percato de que el tío del sotanillo no mojó donde debía o ella es insaciable, porque en respuesta al interés del hombre la muy golfa expone:

—Por delante me vale, mira por detrás.

Y yo, como no domino el panorama por más que me aplasto en la acera y aguzo la pupila, estoy imaginándome a la titi atacada por la espalda y berreando como una guarrindonga cuando el del sotanillo reconoce:

—Por detrás, superior.

Y lo cierto es que le aplaudo el gusto porque yo también galopo mejor por ahí. Pero a la titi, como pasa siempre, le puede el vicio porque parece no tener bastante. Insinúa:

—¿Probaste ya por los lados?

Con las mismas palabras se lo refiero a la piba y siempre se pasma.

—¿Por los lados?

Lo corea hecha un hervor. Indudablemente atónita, ya se sabe cómo son las hembras.

—Eso entendí, te lo juro.

De tanto que se come el tarro me ignora y monologa sin freno, lo mismo que los dementes del psiquiátrico cuando pasean:

—Dices que se la mete por los lados. ¿Por qué lados? Si yo no tengo agujeros en los lados...

La desconcierto tanto que se dilata. Lo juro por mis muertos. Con lo que yo, a mi aire, tranquilo y dominante, le confirmo, a ver si se entera:

—Por los lados.

Ella me admira, lo sé. Así que no le describo mi estampa de entonces, cuando al oír en el sotanillo lo de los lados quedé tan curioso de la novedad que claramente me espatarré todo, empotré el hocico en la rendija y agiganté los ojos para captar la fórmula. Porque tendría gracia que después de correrla cantidubi me vinieran con un invento.

—Cuéntame cómo lo hacían.

Eso me dice la piba pellizcándome de nervios. Está quedona.

—Nada nuevo —concedo para quitarle ilusiones de la cabeza. Porque las fantasías se las creo yo.

—No me niegues que los viste —se encampana la muy fatua—. ¿Cómo se ponía ella?

Sabe la piba que soy un experto y reclama detalles. Yo no quiero que se deprima.

—Te lo demuestro donde Saturio —debería decir— y te callas para siempre.

Pero me pierde la compasión y le digo lo primero que me pasa por la cabeza:

—Ella estaba a medio vestir, con las piernas tal que así, ¿capiscas?

Y aunque nos encontremos en el bar o en mitad de la avenida, al llegar a este trance del relato yo siempre me pongo a gatas, ladeado y marcando cadera. Con lo que la gente, para qué quieres más, hace corrillo a mirarme embobada.

Pero yo por mi piba hago con gusto los mayores ridículos. Porque si no le explico gráficamente a la piba lo del sexo, con toda seguridad se equivoca en la noche de bodas. Y yo quiero cuidarla igual que una flor de invernadero, para que el día de mañana me aproveche.

—¿Así?

La piba se me adjunta y pretende imitarme. La piba goza cantidad con esta historia. Me jugaría los huevos a que se le inundan los bajos.

—Más o menos así —le digo para que se sosiegue.

Pero ella está crecida y pide varas:

—¿Y el potorro? ¿Cómo ponía el potorro?

Eso me dice la muy cerda. Y yo, la verdad, no tengo más remedio que ser exacto:

—¿El potorro? Tal como manda el médico.

—O sea, aproximadamente.

—Equilicuá.

La piba se lo apunta en la cabeza lo mismo que los rezos de la misa. Pero quiere más:

—¿Y el bollamen?

Menuda pregunta para soltarla en medio de la calle y con el personal atento. Pero yo he de ser explícito:

—El bollamen, comsí, comsá, a ver si me entiendes lo que te quiero decir.

De todo toma nota mi piba, muy aplicada. Mas después de asimilarlo reincide:

—¿Y con el bullarengue, qué?

De verdad que no puedo hacer carrera con ella. Porque cuando termino de explicarle cómo manejaba la modelo el bullarengue me corta la salida con la pregunta prohibida:

—¿Y las brevas?

Y por más que le he dicho que lo de las brevas es secreto de Estado siempre me pone en el compromiso de faltar a mi palabra de hombre. Debiera saber que un macho como yo no habla de las brevas ni con la madre de sus hijos. Pero está claro que me insiste porque le falta vergüenza o porque le vence la curiosidad femenina.

—Cuéntame lo de las brevas —implora— y termino el interrogatorio.

Es lo malo de ser Dios. Ésa es mi cruz, lo sé, aunque lo llevo divinamente.

—Las brevas son como son y se ponen como se ponen —le corto—. Así que punto en boca y no me marees.

Pero a buena parte voy. Porque la muy ignorante tiene comido el coco con mis explicaciones y quiere tela marinera. Con lo que me contrasta el resumen para ver si se hizo cuenta cabal:

—De modo que los viste así: el potorro teta, el bollamen empalmado...

—Al revés te lo digo —le interrumpo—. El bollamen teta y las brevas empalmadas.

—¿Y el potorro?

—¡Cómo quieres que tenga el potorro, alma de cántaro! —exclamo perdiendo el oremus—. Entre Pinto y Valdemoro y casi azul de la congestión.

—Así que el potorro cojonudo y el bullarengue pajarero, o sea cocidito, ¿no es cierto?

—De cocidito nasti de plasti —recalco, porque no sé cómo hay que decir las cosas para que se me entienda—. ¡Por retambufa!

—Cambio y corto —dice ella zanjando la controversia y quedándose como de un aire. Y yo, automáticamente, me sitúo a la defensiva, mutis y quieto parado, porque sé la que me prepara.

—Pero él, entonces...

Siempre empieza así, como dudosa y tímida, para luego descargar la batería.

—¿Cómo le daba él al chindasvinto?

Lo dice para tirarme de la lengua. Y yo, claro, sin propasarme. Porque si le desmadejo el chindasvinto me pide luego la intemerata. Y todo tiene un límite.

—Frena, vacaburra —le digo secamente—. Que lo del chindasvinto es otro cantar.

Y mi piba, vaya si es lista. Porque se da por enterada y cambia de registro.

—Total, que mientras estaban con esa movida —empieza melosa, la muy puerca—, él le almidonaba las tonecias, ¿verdad? ¡Loco de sinedocualo!

Es lo malo de la piba, que va de oyente y se delata. Se lo digo honestamente:

—Te equivocas. Él le medía la figura como un profesional del tema.

Pero mi piba no ceja, caladita a tope. Pues prosigue electrizada:

—Y le desmigaba la pelambrera del solitrón en plan sisebuto. Se lo he oído a la doctora Ochoa.

Yo digo:

—Te equivocas, top model.

Ella insiste, desfallecida:

—Y le emasculaba la enfiteusis por las franquicias. Hay mucha desavenencia en las calles.

Yo digo:

—Te equivocas, top model.

Pero ella no se contiene:

—Y zambullía la purrela en los melindres, pase misí, pase misá, para matarla de sendiremoclausia.

Yo digo:

—Te equivocas, top model.

Y así continúa voceándome paridas hasta que se entrega:

—Entonces, ¿para qué quería el tío el instrumento?

Me acorrala con la pregunta como si estuviera cargada de razón y yo no tengo más remedio que desengañarla:

—Para meterle la sisa y entallarle el vestido, pánfila.

Mira que se lo he contado veces, y siempre se tira el gambazo porque espera descubrir morbo en la sastrería de Bergasa.

—Mujer tenías que ser.

Eso le digo, pues no sé de qué va. Y que me partan si no me da lacha. Porque la piba se me queda mirando y mirando, y en vista de que no le doy el morbo ese, se mosquea.

—Tú me engañas.

Dice. Y siempre que iniciamos esta historia terminamos de morros porque yo, harto de contemplaciones, le casco un pelín. Pero de nada me vale porque no se enmienda. Y al cabo de un rato me suelta lo consabido:

—En el fondo, te comprendo.

Quiere sacarme de quicio. Sabe que nada me subleva más que lo de las tías comprensivas. Y yo siempre pico:

—¿Qué es lo que comprendes tú? —salto—. Pero ¡si no sabes ni entiendes ni lo has catado!

Y ella, con la cara más triste del mundo, me rebate:

—Te comprendo. Porque como soy señorita, me ocultas las cochinadas.

Javier Marías
En el viaje de novios

Mi mujer se había sentido indispuesta y habíamos regresado apresuradamente a la habitación del hotel, donde ella se había acostado con escalofríos y un poco de náusea y un poco de fiebre. No quisimos llamar en seguida a un médico por ver si se le pasaba y porque estábamos en nuestro viaje de novios, y en ese viaje no se quiere la intromisión de un extraño, aunque sea para un reconocimiento. Debía de ser un ligero mareo, un cólico, cualquier cosa. Estábamos en Sevilla, en un hotel que quedaba resguardado del tráfico por una explanada que lo separaba de la calle. Mientras mi mujer se dormía (pareció dormirse en cuanto la acosté y la arropé), decidí mantenerme en silencio, y la mejor manera de lograrlo y no verme tentado a hacer ruido o hablarle por aburrimiento era asomarme al balcón y ver pasar a la gente, a los sevillanos, cómo caminaban y cómo vestían, cómo hablaban, aunque, por la relativa distancia de la calle y el tráfico, no oía más que un murmullo. Miré sin ver, como mira quien llega a una fiesta en la que sabe que la única persona que le interesa no estará allí porque se quedó en casa con su marido. Esa persona única estaba conmigo, a mis espaldas, velada por su marido. Yo miraba hacia el exterior y pensaba en el interior, pero de pronto individualicé a una persona, y la individualicé porque a diferencia de las demás, que pasaban un momento y desaparecían, esa persona permanecía inmóvil en su sitio. Era una mujer de unos treinta años de lejos, vestida con una blusa azul sin apenas mangas y una falda blanca y zapatos de tacón también blancos. Estaba esperando, su actitud era de espera inequívoca, porque de vez en cuando daba dos o tres pasos a derecha o izquierda, y en el último paso arrastraba un poco el tacón afilado de un pie o del otro, un gesto de contenida impaciencia. Colgado del brazo llevaba un gran bolso, como los que en mi infancia llevaban las madres, mi madre, un gran bolso negro colgado del brazo anticuadamente, no echado al hombro como se llevan ahora. Tenía unas piernas robustas, que se clavaban sólidamente en el suelo cada vez que volvían a detenerse en el punto elegido para su espera tras el mínimo desplazamiento de dos o tres pasos y el tacón arrastrado del último paso. Eran tan robustas que anulaban o asimilaban esos tacones, eran ellas las que se hincaban sobre el pavimento, como navaja en madera mojada. A veces flexionaba una para mirarse detrás y alisarse la falda, como si temiera algún pliegue que le afeara el culo, o quizá se ajustaba las bragas rebeldes a través de la tela que las cubría.

Estaba anocheciendo, y la pérdida gradual de la luz me hizo verla cada vez más solitaria, más aislada y más condenada a esperar en vano. Su cita no llegaría. Se mantenía en medio de la calle, no se apoyaba en la pared como suelen hacer los que aguardan para no entorpecer el paso de los que no esperan y pasan, y por eso tenía problemas para esquivar a los transeúntes, alguno le dijo algo, ella le contestó con ira y le amagó con el bolso enorme.

De repente alzó la vista, hacia el tercer piso en que yo me encontraba, y me pareció que fijaba los ojos en mí por vez primera. Escrutó, como si fuera miope o llevara lentillas sucias, guiñaba un poco los ojos para ver mejor, me pareció que era a mí a quien miraba. Pero yo no conocía a nadie en Sevilla, es más, era la primera vez que estaba en Sevilla, en mi viaje de novios con mi mujer tan reciente, a mi espalda enferma, ojalá no fuera nada. Oí un murmullo procedente de la cama, pero no volví la cabeza porque era un quejido que venía del sueño, uno aprende a distinguir en seguida el sonido dormido de aquel con quien duerme. La mujer había dado unos pasos, ahora en mi dirección, estaba cruzando la calle, sorteando los coches sin buscar un semáforo, como si quisiera aproximarse rápido para comprobar, para verme mejor a mi balcón asomado. Sin embargo caminaba con dificultad y lentitud, como si los tacones le fueran desacostumbrados o sus piernas tan llamativas no estuvieran hechas para ellos, o la desequilibrara el bolso o estuviera mareada. Andaba como había andado mi mujer al sentirse indispuesta, al entrar en la habitación, yo la había ayudado a desvestirse y a meterse en la cama, la había arropado. La mujer de la calle acabó de cruzar, ahora estaba más cerca pero todavía a distancia, separada del hotel por la amplia explanada que lo alejaba del tráfico. Seguía con la vista alzada, mirando hacia mí o a mi altura, la altura del edificio a la que yo me hallaba. Y entonces hizo un gesto con el brazo, un gesto que no era de saludo ni de acercamiento, quiero decir de acercamiento a un extraño, sino de apropiación y reconocimiento, como si fuera yo la persona a quien había aguardado y su cita fuera conmigo. Era como si con aquel gesto del brazo, coronado por un remolino veloz de los dedos, quisiera asirme y dijera: 'Tú ven acá', o 'Eres mío'. Al mismo tiempo gritó algo que no pude oír, y por el movimiento de los labios sólo comprendí la primera palabra, que era '¡Eh!', dicha con indignación, como el resto de la frase que no me alcanzaba. Siguió avanzando, ahora se tocó la falda por detrás con más motivo, porque parecía que quien debía juzgar su figura ya estaba ante ella, el esperado podía apreciar ahora la caída de aquella falda. Y entonces ya pude oír lo que estaba diciendo: '¡Eh! Pero ¿qué haces ahí?'. El grito era muy audible ahora, y vi a la mujer mejor. Quizá tenía más de treinta años, los ojos aún guiñados me parecieron claros, grises o color ciruela, los labios gruesos, la nariz algo ancha, las aletas vehementes por el enfado, debía de llevar mucho tiempo esperando, mucho más tiempo del transcurrido desde que yo la había individualizado. Caminaba trastabillada y tropezó y cayó al suelo de la explanada, manchándose en seguida la falda blanca y perdiendo uno de los zapatos. Se incorporó con esfuerzo, sin querer pisar el pavimento con el pie descalzo, como si temiera ensuciarse también la planta ahora que su cita había llegado, ahora que debía tener los pies limpios por si se los veía el hombre con quien había quedado. Logró calzarse el zapato sin apoyar el pie en el suelo, se sacudió la falda y gritó: 'Pero ¡qué haces ahí! ¿Por qué no me has dicho que ya habías subido? ¿No ves que llevo una hora esperándote?' (lo dijo con acento sevillano llano, con seseo). Y al tiempo que decía esto, volvió a hacer el gesto del asimiento, un golpe seco del brazo desnudo en el aire y el revoloteo de los dedos rápidos que lo acompañaba. Era como si me dijera 'Eres mío' o 'Yo te mato', y con su movimiento

79

pudiera cogerme y luego arrastrarme, una zarpa. Esta vez gritó tanto y ya estaba tan cerca que temí que pudiera despertar a mi mujer en la cama.

—¿Qué pasa? —dijo mi mujer débilmente.

Me volví, estaba incorporada en la cama, con ojos de susto, como los de una enferma que se despierta y aún no ve nada ni sabe dónde está ni por qué se siente tan confusa. La luz estaba apagada. En aquellos momentos era una enferma.

—Nada, vuelve a dormirte —contesté yo.

Pero no me acerqué a acariciarle el pelo o tranquilizarla, como habría hecho en cualquier otra circunstancia, porque no podía apartarme del balcón, y apenas apartar la vista de aquella mujer que estaba convencida de haber quedado conmigo. Ahora me veía bien, y era indudable que yo era la persona con la que había convenido una cita importante, la persona que la había hecho sufrir en la espera y la había ofendido con mi prolongada ausencia. '¿No me has visto que te estaba esperando ahí desde hace una hora? ¡Por qué no me has dicho nada!', chillaba furiosa ahora, parada ante mi hotel y bajo mi balcón. '¡Tú me vas a oír! ¡Yo te mato!', gritó. Y de nuevo hizo el gesto con el brazo y los dedos, el gesto que me agarraba.

—Pero ¿qué pasa? —volvió a preguntar mi mujer, aturdida desde la cama.

En ese momento me eché hacia atrás y entorné las puertas del balcón, pero antes de hacerlo pude ver que la mujer de la calle, con su enorme bolso anticuado y sus zapatos de tacón de aguja y sus piernas robustas y sus andares tambaleantes, desaparecía de mi campo visual porque entraba ya en el hotel, dispuesta a subir en mi busca y a que tuviera lugar la cita. Sentí un vacío al pensar en lo que podría decirle a mi mujer enferma para explicar la intromisión que estaba a punto de producirse. Estábamos en nuestro viaje de novios, y en ese viaje no se quiere la intromisión de un extraño, aunque yo no fuera un extraño, creo, para quien ya subía por las escaleras. Sentí un vacío y cerré el balcón. Me preparé para abrir la puerta.

José María Merino
Lolito

La señora es atractiva, blusa ligera que permite vislumbrar los senos sin sujetador, pantalón cortito, la justa
abundancia de carnes. Aunque estaba cerrando, le ha dejado entrar y luego echa el pestillo, pone el cartelito.
Ahora lo mira con ojos risueños: *¿Y para qué quieres* Lolita
de Nabokov, corazón? Es un regalo para mi primo Onio, dice,
y se siente enrojecer. Lo del primo Onio es el erotismo.
El anterior verano, en la playa, con tono de confidencia
importante, se lo había contado: *Lito, lo mío es el erotismo.*
Dicho de repente, a él le pareció que le confesaba alguna
anomalía, una enfermedad, pero cuando supo de qué se
trataba se quedó un poco perplejo de que algo así pudie-
se ennoblecerse con el coleccionismo. Como Onio vivía
en aquel pueblo tan lejano, una vez le encargó comprar
unas pastillas. Se volvió loco buscándolas, y cuando le
llamó para decirle que no era capaz de encontrarlas el otro
se echó a reír: *No te preocupes, están en internet*. Otra vez le
hizo ir a una tienda de San Bernardo a recoger unos tebeos
tan guarros que le daba vergüenza que en casa pudiesen
verlos. *Menudos encargos me haces*, le reprochó por teléfono. *Venga, Lito, otros son filatélicos*. Esta tarde ha recorrido
la feria buscando el libro del que le habían hablado los

compañeros, las relaciones de un viejo con una niña, mucho sexo —sólo rumores, pues nadie lo había leído—, para regalárselo a Onio. En la feria del libro no ha sido capaz de encontrarlo, no es novedad, lo han vendido. Al fin, en una caseta le dicen que lo tienen seguro en la librería, cerca del metro tal, no muy lejos. Y aquí está, a la misma hora de cerrar. La señora pasa junto a él rozándole con sus grandes senos, a la vez firmes y suaves. *Pasa dentro y espérame, corazón, que te lo voy a buscar.* Al fondo de las estanterías cargadas de libros, un cuartito con una mesa de despacho, un sofá muy usado y un ventilador luchando contra el agobio del calor. La señora llega con el libro. Se le han soltado otros dos botones de la blusa. *El erotismo*, piensa Lito, sintiendo despertar en su turbación una ansiedad inesperada. La señora se sienta a su lado en el sofá. Para conjurar el silencio, él explica que su primo vive en un pueblo cerca de Sevilla, que el libro es un regalo de cumpleaños, que se lo va a mandar por correo. *Qué casualidad, corazón* —exclama la señora, rodeándole con sus brazos olorosos—, *hoy es también mi cumpleaños.*

Juan José Millás
Solo de moto

Por la noches, cuando se metía en la cama, Vicente abrazaba a su mujer por la cintura, se pegaba a su cuerpo e imaginaba que ambos iban en una moto conducida por ella. A veces circulaban por carreteras estrechas y repletas de curvas, que ceñían el perímetro de una montaña fantástica hacia cuya cumbre ascendían. En otras ocasiones se perdían a doscientos por hora en autopistas infinitas de dieciocho carriles. Algunas noches le gustaba imaginar que la moto se deslizaba suavemente, sin prisas, por carreteras de tercer orden cuyos costados estaban flanqueados por chopos que llegaban al cielo. Pensaba de sí mismo que era un «paquete» perfecto, pues con los movimientos de su cuerpo equilibraba los de la moto en los momentos más difíciles y, cuando había que correr, se pegaba a la espalda de su mujer de tal manera que ambos cuerpos parecían formar un solo volumen.

Aunque ya habían alcanzado la madurez, la imagen que percibía de sí mismo y de su mujer en estas excursiones era la de dos jóvenes ágiles y delgados que todavía creían en la eternidad, al menos en la suya. Por la mañana, cuando se contemplaba el pelo revuelto ante el espejo del cuarto de baño, disfrutaba atribuyendo ese desorden capilar al viento de los paisajes atravesados por la noche. Nunca llevaban casco porque a él le gustaba sentir la melena de ella azotándole el rostro. Por lo demás, en sus carreteras imaginarias no había guardias ni señales de tráfico; tampoco había coches u otros vehículos con los que competir.

Cuando salía a trabajar, se detenía siempre unos instantes en la calle para contemplar una moto que un vecino solía aparcar cerca de su portal. Más que una moto, parecía una escultura en la que los cromados se combinaban con el rojo metálico del enorme depósito y con el negro de las ruedas y el asiento de piel. Estudiaba sus partes, sus características, para hacer más verosímil el viaje nocturno. Aquella actividad llegó a constituir una pasión que le desbordaba. Hubo un momento en que no podía pensar en otra cosa. El día no era más que un pasillo que conducía al instante en el que se metía en la cama, cogía la cintura de su mujer, se pegaba a su cuerpo y oía, embelesado, la sinfonía del motor.

Se compró un pijama que evocaba vagamente el mono negro que suelen vestir los motoristas profesionales, y después unas gafas que se colocaba debajo de la almohada y que se ponía en los ojos cuando sentía que su mujer se había dormido. Cenaba con prisas, siempre acuciado por la necesidad de irse a la cama en seguida y le irritaba que su mujer quisiera ver la televisión antes de acostarse. Ella presintió, sobre todo a raíz de la adquisición del pijama negro, que algo estaba pasando pero ignoraba de qué se trataba exactamente. Algunas noches hacían el amor, aunque él corría mucho para acabar pronto y subirse en la moto. No es que no le gustase hacer el amor con ella, sino que prefería dejarlo para más tarde, pues a veces viajaban por parajes extraños, llenos de vegetación y de pájaros, con algún río cercano donde le gustaba descansar del viaje y dedicarse sin prisas al amor. Lo curioso es que, no importaba donde se dirigieran, siempre acababan llegando al mismo paisaje imaginario, donde ella se desnudaba para lanzarse al río provocándole con su deseo, como cuando eran más jóvenes.

Un día su mujer descubrió las gafas de motorista debajo de la almohada, pero no le preguntó para qué servían, pues había ido acostumbrándose de forma progresiva a las rarezas de Vicente. El silencio de su mujer frente a este hecho le sirvió para bajar la guardia y así otro día, tras ponerse el pijama negro y las gafas, se anudó al cuello una especie de foulard que le gustaba ver flotar al viento mientras devoraban paisajes. Era muy feliz.

Luego empezó a visitar las mejores tiendas de motos y fue conociendo así las características de cada una de las marcas. Tenía la casa llena de folletos con fotografías en colores. Estudió también algo de mecánica, pues aunque la moto nunca les había dado problemas, empezó a temer que una avería les dejara tirados en alguno de aquellos lugares fantasmales a los que solían ir últimamente. De súbito, la posibilidad de regresar por culpa de una avería se convirtió en una amenaza que fue traduciéndose con los días en una pérdida de pasión. Ahora era él el que quería ver la televisión hasta las tantas para retrasar el viaje cuanto fuera posible. Y nunca arrancaban antes de que hubiera revisado todas la piezas del motor.

También empezó a decirle a su mujer que condujera más despacio y a reprocharle la comisión de algunas imprudencias que antes no solía cometer. En seguida decidió que debían abandonar los paisajes fantasmales y circular por carreteras normales, llenas de prohibiciones y de avisos, pero con postes telefónicos desde los que se podía pedir socorro en caso de avería. Naturalmente, se compró un casco para proteger la cabeza.

Al poco, su mujer hizo un adelantamiento imprudente y, además de la multa, le quitaron el carnet de conducir. Casi se alegró. Desde entonces se duerme imaginando que es un pájaro y sobrevuela el mar hasta la madrugada.

Rosa Montero
Mi hombre

Me he casado con un descuartizador de aguacates. Ya comprenderán que mi matrimonio es un fracaso. Cuando conocí a mi marido yo tenía diecinueve años. Por entonces estaba convencida de que el día más hermoso en la vida de una muchacha era el día de su boda, y cada vez que veía una novia me ponía a moquear de emoción como una tonta. Ahora tengo cuarenta y tres años y no me divorcio porque me da miedo vivir sola.

Él es un hombre muy bueno. Es decir, no me pega, no se gasta nuestros sueldos en el juego, no apedrea a los gatos callejeros. Por lo demás, es de un egoísmo insoportable. Viene de la oficina y se tumba en el sofá delante de la tele. Yo también vengo de *mi* oficina, pero llego a casa dos horas más tarde y cargada como una mula con la compra del hiper. Que me ayudes, le digo. Que ahora voy, responde. Nunca dice que no directamente. Pero yo termino de subir todas las bolsas y él no ha meneado aún el culo del asiento. Voy a la sala, le grito, le insulto, manoteo en el aire, me rompo una uña. Él ni se inmuta. Entonces me siento en una silla de la cocina y me pongo a llorar. Al ratito aparece él, en calcetines. «¿Qué hay de cena?», pregunta con su voz más inocente. Hago acopio de aire para soltarle una parrafada venenosa, pero él me intercepta con una habilidad nacida de años de práctica: «Ya sé, te voy a preparar una ensalada que te vas a chupar los dedos», exclama con cara de pillín. Esa ensalada de aguacates y nueces y manzana que tanto le gusta. Así que yo me amanso porque soy idiota y, aunque refunfuñando, le ayudo a sacar los platos, la fruta, los cuchillos, y le ato a la espalda el delantal mientras él mantiene los brazos pomposamente estirados ante sí como si fuera un cirujano a punto de realizar una operación magistral a corazón abierto.

Entonces él empieza a pelar los aguacates y yo, por hacer algo, lavo y corto la lechuga, pico la cebolla, casco y parto las nueces, convierto dos manzanas en pequeños cubitos. Le miro por el rabillo del ojo y él sigue pelando. De modo que saco las patatas, las mondo, las lavo, las corto finitas, que es como a él le gustan; cojo la sartén, echo el aceite, enciendo el fuego, frío primero las patatas bien doradas y luego hago también un par de huevos. El aceite chisporrotea y salta, y, como no tengo puesto el delantal, me mancho de grasa la pechera de la blusa. Le miro: él continúa impertérrito, manipulando morosamente su aguacate. Tan torpe, tan lento y tan inútil que más que cortar el fruto se diría que está haciéndole una meticulosa autopsia. «No sirves para nada», le gruño. Y él me mira con cara de dignidad ofendida. «¡Y encima no me mires así!», chillo exasperada. Él frunce el ceño y se desanuda el delantal con parsimonia. Después se va a la sala y se deja caer en el sofá, frente al televisor, mientras se chupa el pringoso verdín que el aguacate ha dejado en sus dedos. Yo sé que ahora pondré la mesa como todas las noches y cenaremos sin decirnos nada.

Lo más terrible es que, en nuestro fracaso como pareja, apenas si hay batallas de mayor envergadura que estos sórdidos conflictos domésticos. Y no es que me importe mucho hacerme cargo de las labores de la casa. No me gustan, pero si hay que hacerlas, pues se hacen. No, lo que me amarga la vida es su presencia. Porque me encanta cocinar para mi hija, por ejemplo, aunque, por desgracia, viene muy poco a vernos; pero servirle a él me desespera. Será que le odio. Hay momentos en los que no soporto ni su manera de abrir el periódico: estira los brazos y sacude el diario delante de sí, antes de darle la vuelta a la hoja, como quien orea una pieza de tela. Hace muchos años ya que, si no es para discutir, apenas si hablamos.

No siempre fue así. Al principio todo era distinto. Él estudiaba dibujo lineal por las noches. Y soñaba con hacerse arquitecto. Quería ser alguien. Es más, yo *creía* que él era *alguien*. Pero nunca se atrevió a dejar la gestoría. No sé cuándo le perdí la confianza, pero sé que me decepcionó hace ya mucho. No era ni más listo ni más trabajador ni más capaz que yo. Tampoco era más fuerte, me refiero a más fuerte por dentro; por ejemplo, no me sirvió de nada cuando creímos que la niña tenía la meningitis. Y yo, para estar enamorada, necesito admirar al que ha de ser mi hombre. Me has decepcionado, le he dicho muchas veces. Y él se calla y se pone a orear el periódico.

Claro que quizá yo también he cambiado. Antes la vida me parecía un lugar lleno de aventuras, y por las noches, mientras me dormía, la cabeza se me llenaba de imágenes felices: nosotros dos con nuestra hija pequeña, envidiados por todos; él trabajando en un estudio de arquitectura y envidiado por todos; nosotros dos viajando en avión por medio mundo y envidiados por todos. Eran estampas quietas, como las de los álbumes de cromos de mi infancia. Después dejé de pensar en esas cosas, porque estaba siempre tan cansada que me dormía nada más acostarme. Y luego se me pasó la juventud. Llega un día en el que te despiertas y te dices: así que en esto consistía la vida. Poca cosa.

Le he engañado en dos ocasiones. Con dos compañeros de la oficina. Fue un desastre. Yo buscaba el amor a través de ellos y me temo que ellos sólo me buscaban a mí. Los dos estaban casados. Me sentí ridícula. Entre unos y otros, entre estas cosas y todas las demás, se me ha agriado el carácter. Yo de joven era muy alegre. Él me lo decía siempre: me encanta tu vitalidad. Y de novios me llamaba *Cascabelito*. Ahora que lo pienso, quizá para él yo también haya sido una decepción: últimamente no hago otra cosa que gruñir, protestar y estar de morros todo el día.

A veces, sin embargo, me despierto de madrugada sin saber dónde estoy. Me rodea la oscuridad, me acosa el vértigo, me encuentro sola e indefensa en la inmensidad de un mundo hostil. Entonces mi brazo tropieza con una espalda blanda y cálida. Y el rítmico sonido de una respiración muy conocida cae en mis oídos como un bálsamo. Es él, durmiendo a mi lado; reconozco su olor, su tacto, su tibieza. Poco a poco, las tinieblas dejan de ser tinieblas y la habitación comienza a reconstruirse a mi alrededor: la mesilla, el despertador, la pared del fondo, la blusa manchada de grasa que me quité anoche y que descansa ahora sobre la silla. La cotidianidad triunfa una vez más sobre el vacío. Me abrazo a su espalda y, medio dormida, contemplo cómo el alba pone una línea de luz sobre el tejado de las casas vecinas. Y entonces, sólo entonces, me digo: es mi hombre.

Augusto Monterroso
El dinosaurio

Cuando despertó, el dinosaurio todavía estaba allí.

Juan Carlos Onetti
Luna llena

Se llamaba Carmencita y tendría cincuenta años a lo más. Terminó la tercera vuelta en la cama, se quitó la sábana de la cara y supo que no iba a dormir. Aún llegaban los ruidos de la noche sabática de Buenos Aires.

Se acarició los pechos cansados y estuvo un rato pensando en su última menstruación, definitivamente última. El muchacho que la visitaba casi todos los sábados porque no le costaba ni le amenazaba complicaciones, nada sabía de aquel fin. Era un final para ella, exclusivo y nadie podía sospecharlo porque continuaba delgada y sabía pintarse.

Derrotada, encendió la luz y un cigarrillo. Luego manoteó la cortina de la ventana y casi creyó que su frente golpeaba contra la redonda luna amarilla suspendida en la negrura del cielo como la lonja de un tambor. Recordó:

> *Otoño amarillea ya su parche*
> *como un viejo tambor de romería.*

La lengua se movía dentro de la boca repitiendo los versos. Siempre en silencio. Recordó el susto de los trece años, la primera vez. Luego, en cortas instantáneas, las caras y los cuerpos, los movimientos, gestos y, casi, las voces de los hombres, no todos, que habían mezclado sus pieles con la suya. Pero sólo uno se quedó, el más imbécil, un buen proveedor, como supo cuando se casaron. Dos años y medio el hombre leyendo con una sonrisa aprobatoria los poemas, los cuentos que ella escribía. Pero aquello no era del todo serio y cada lectura terminaba con una caricia en la cabeza, en el pelo enredado. Dos años y medio, sesenta meses, y ella se mudó a un piso pequeño y abierto a la luz, en la calle Ayacucho, el mismo en que ahora fumaba triste y rabiosa y veía otras cosas pasadas, el primer libro pagado por ella, sus otros libros, elogiados por sus amigos, los premios con que le pagaron bondades. Y ella siempre sabiendo que todo lo que había escrito podía desaparecer sin que nadie se enterase, sabiendo que todo era mediocre y pretencioso. Sabiendo y odiando a los hombres que usaba y la iban usando. Tantos años.

Se puso a rebuscar, como si el encuentro fuera posible, el momento, la línea que separó la juventud de la vejez. En todo caso ya había pasado demasiado tiempo del inicio de la desdicha del cuerpo. Porque aunque recordara permanentemente el anillo de arrugas que le marcaban el cuello —siempre cubierto con pañuelos de seda, brillantes, de colores rabiosos y adolescentes—, ella se sentía aún joven, sana, y su cerebro, estaba segura, no había acompañado la desdicha del cuerpo, su espantable, voluntariosa, incontenible, innegable inclinación hacia la decadencia, el encogimiento y la muerte.

También logró —y de esta fuente de venganza vivía— que un periódico casi no leído le permitiera dirigir un cuarto de página para hacer crítica literaria. Y como todos, casi todos los hombres que habían llegado y se habían ido pertenecían a la fauna intelectual y de vez en vez publicaban libros, le era posible descargar allí su bilis y su risa de burla, tan cascada ahora, tan lejos de campanillas y cascabeles.

Oyó la sirena de un coche policial que se alejaba del barrio Norte y el golpe de una portezuela de automóvil. Alguna que vuelve de una cama, pensó sin dolor. Recordó su conversación con Mario, el pasado verano en la arena de una playa escondida, casi privada, en Mar del Plata. Era ella hablando mientras la mano de Mario jugaba con la arena. Ella decía qué injusto es Dios o la naturaleza que hace ridícula a una mujer de cincuenta años liada con un muchacho de veinte y si es al revés todo el mundo lo encuentra normal.

Al clarear la madrugada apagó el último cigarrillo y estuvo buscando en los cajones de la mesita hasta encontrar las pastillas anticonceptivas y el tubo de somníferos. Levantó la persiana y tiró hacia la suave luz de la mañana las píldoras tan innecesarias desde tiempo atrás. Tragó los somníferos con la ayuda de jerez tomado de la botella.

Lo que restaba de la noche, la negrura rodeándola, tratando de convencerla de una necesidad de descenso, hundimiento lento y sin tropiezos. Se rebelaba sin fuerzas y lograba verse en el centro de una quermese de pueblo, donde el vino dorado sólo daba alegría y nadie estaba embriagado y el círculo de bailarines giraba entrando en las canciones, envolviéndose con ellas, el que había sido suyo, con un vestido rameado, moviéndose sin cansancio, feliz sin presentimientos de arrugas ni dolores suaves en las articulaciones, tan limpia, tan tensa la piel de su cara rosa ahora por el cansancio feliz, y un clavel en el peinado, un clavel en el pecho, un clavel en la boca. Tan feliz, tan temerosa de dejar de serlo que manoteó en la sombra para atrapar más somníferos, más jerez; y entonces no quiso volver la dicha de su danza sin pausa a la luz de los farolillos, de las velas cubiertas por cilindros arrugados de papeles coloreados, un azul, un verde, un rojo; y la succión de la cama se redobló sabia y sin violencia y dueña y esclava de la negrura aceptó hundirse respirando por última vez el desvaído olor a lavanda de la sábana que le cubría el mentón.

Carme Riera
Un poco de frío para Wanda

El motivo que decidió al vizconde de Boumond-Foullat a escoger el hotel de Lluc-Alcari para pasar las vacaciones fue el mismo por el cual lo rechazaban algunos de los posibles clientes: la falta de aire acondicionado en las habitaciones de menor precio. Sin embargo, para el viejo aristócrata esta carencia no suponía inconveniente alguno. Todo lo contrario. El frío artificial le parecía la cosa más nefasta del mundo, generador de resfriados, anginas, laringitis, pulmonías y otros males aún peores. Pero nadie habría sospechado que tan denostado invento se relacionara con su arrumbada vida sentimental, que, no obstante, se había iniciado con buenísimos augurios. Guiada desde los primeros pasos por su padre, que, en cuanto observó que los primeros gallos se habían instalado en la garganta de su primogénito, le introdujo en el círculo aristocrático que frecuentaba, recomendándolo a las más experimentadas damas nobles para que todo quedara en familia. De ese modo trataba de evitar que Heribert junior malgastara su virilidad, perdiera el tiempo y la simiente o, todavía peor, proporcionara placer, a través de los excelentes atributos que Dios y la naturaleza le habían concedido, a cualquier representante mediocre de la burguesía, deseosa de aprovechar el más leve resquicio para introducirse entre los miembros de la vieja clase.

Fue por entonces cuando el vizconde comprobó con orgullo que su hijo había heredado su capacidad para distinguir a simple vista la calidad de la piel femenina, percibiendo mucho antes de acariciarla si su finísima textura se debía al azar, a una transgresión de la naturaleza —lo que estaba ocurriendo cada vez más a menudo, por desgracia— o era proporcional al número de antepasados que, a la sombra del árbol genealógico, se habían dedicado a la vida contemplativa. Boumond-Foullat creía que sólo unos tatarabuelos igualmente ociosos garantizaban que la buena disposición hacia Eros, transmitida en el código genético, pudiera desarrollarse con todo lujo de exquisiteces. No fue difícil convencerle de que la piel casi translúcida de algunas damas, que dejaba adivinar unas venas de azul heráldico por donde sólo circulaba sangre del mismo color, era la prueba más indiscutible de la marca de fábrica.

Así, el futuro vizconde de Boumond-Foullat, de acuerdo con su padre, decidió consagrarse sólo a las bellezas con *pedigree* y escogió, para estar bien seguro de su ascendencia, las de su propia familia. Tal vez por eso, su única tía carnal, demasiado puritana, se embarcó precipitadamente para dar la vuelta al mundo llevándose consigo a sus tres hijas. Ninguno de los dos Heriberts habría de perdonarles el desprecio, que afectó mucho más al joven, encaprichado con su prima menor. Para consolarle, Wanda von Languerlow, amante del padre y emparentada con los Boumond-Foullat, le invitó a pasar unos días en el *château* que había heredado de su madre, a las afueras de París.

Heribert había oído hablar mucho más de las excentricidades y caprichos de Wanda que de su belleza, pero al verla quedó sorprendido y maravillado. La marquesa era una mujer espléndida en el mejor momento de su casi madurez.

El futuro octavo vizconde de Boumond-Foullat languidecía de deseo mientras imaginaba a Wanda y a su padre ejercitándose en el amor. De nada le sirvió fatigar automóviles con carreras enloquecidas, atemorizar el bosque con su escopeta y practicar la gimnasia hasta la extenuación. Wanda le obsesionaba. Ni un segundo podía dejar de desearla. Quería que fuera suya o morir. Su decisión era firme: apelaría, en primer lugar, a la generosidad del padre, pero si éste no accedía a su propuesta lo retaría a duelo. Todo fue mucho más sencillo de lo que el enamorado esperaba, ya que el vizconde se avino enseguida a un trato con tal de que su hijo diera al traste con sus melancolías. Los dos Heriberts pidieron a Wanda que arbitrase un riguroso turno.

Sin duda el joven Boumond, en medio de su alegría, fue incapaz de imaginar los riesgos que iba a correr ni la fortuna que llegaría a dilapidar en una lluvia inútil de diamantes, lágrimas y esperma. Sus infortunios comenzaron un año después, un verano fatídico en Niza, un verano calurosísimo que hizo agonizar las begonias y marchitar los mirabeles del jardín de la casa de Wanda. Padre e hijo rivalizaban en obsequios, galanterías y gentilezas. A Wanda casi no le daba tiempo de abrir los infinitos paquetes que procedían de las mejores tiendas de París, ni de probarse los modelos exclusivos que sus *chevaliers servants* habían encargado para ella a los más caros modistos de

Europa. Wanda, agradecida, procuraba complacerles casi en todo. Les dedicaba las sonrisas más insinuantes, las miradas más turbadoras, los gestos más voluptuosos y una voz que prometía todas las delicuescencias posibles e imposibles. Cada mañana, después de salir del baño —donde pasaba por lo menos dos horas remojada en una maceración de pétalos de rosas y hierbas aromáticas—, envuelta en un insinuante *déshabillé* de seda *crème*, les deseaba que la espera les resultara agradable. Porque Wanda no tenía costumbre de dedicarse al amor hasta que el calor amainaba y comparecían las primeras brumas de septiembre. Sí, era incapaz de amar en verano. El bochorno la ponía literalmente enferma y no aguantaba el más leve contacto carnal si la temperatura sobrepasaba los 18 °C.

Pero al iniciarse el otoño, la marquesa, estimulada por la larga abstinencia veraniega, se entregaba al amor y no vivía más que para dar y recibir placer. Sus caricias de geisha, de una sabia voluptuosidad, producían en sus amantes unos efectos tan drásticos como perdurables. Wanda era una experta extraordinaria en materia amorosa y sabía conducir a sus amantes con delicadeza exquisita y refinamiento cortesano por los caminos que, en cada ocasión, iban a resultar más placenteros. Conocía cuál era el punto exacto y el tiempo justo en que, como si elaborara un suculento paté de hígado de oca, debía añadir a la aromática trufa una pizca de pimienta verde a fin y efecto de conseguir algo insuperable cada vez.

Aquel verano fatídico hacía un calor insoportable. Los Boumond-Foullat observaban pesarosos cómo el termómetro no dejaba de subir y se ensimismaban en cavilaciones de todo tipo, tratando de buscar una salida a su calenturiento estado. El otoño les parecía tan bello, lejano e inasequible como el retorno de la monarquía a Francia. Y Wanda estaba cada día más tentadora.

El señor vizconde, después de consultar a los meteorólogos de los más importantes observatorios de Europa, cuyas previsiones le desanimaron mucho, decidió ofrecer a Wanda un crucero por el mar del Norte, en un yate que pensaba regalarle si accedía, aun a sabiendas de que tan desmesurado obsequio acarreaba su ruina. Pero a la marquesa los viajes no le gustaban. ¿Y qué necesidad tenía de embarcarse si estaba perfectamente instalada en su villa de Niza?

El futuro vizconde de Boumond-Foullat fue mucho más práctico que su padre. Decidió que lo verdaderamente necesario era solucionar de una manera definitiva el problema del calor, no sólo para el resto del verano sino para todos los veranos de su vida, que sólo tenía sentido junto a Wanda. Era indispensable, por tanto, encontrar un sistema que al refrescar el ambiente hiciera bajar la temperatura al menos 10 °C y eso sólo se conseguiría gracias a un artilugio mecánico. Los servicios prestados por una brigadilla de abanicadores de nada servirían. Wanda nunca permitiría que ningún obrero, por mucha afición que demostrara a su oficio, por muy especializado que estuviera en el arte de mover el paipái, pudiera verla mientras ella se entregaba al amor. El joven Boumond, todo un *sportsman*, tenía ciertos conocimientos de mecánica. Él mismo se entretenía en poner a punto los motores de sus automóviles, incluso había corrido en el rally de Montecarlo, del que había sido uno de los principales organizadores. Y el automóvil —no le cabía la más mínima duda— mantenía la temperatura adecuada gracias al ventilador. Pero ventiladores ya había en casa y a Wanda no le gustaban porque hacían ruido y, además, meneaban las aspas con tan poca gracia, con un ritmo tan poco insinuante... No, los ventiladores no servían. Había que buscar otro sistema. Para los grandes ingenios, que habían inventado la gramola, el teléfono, el motor de explosión, la cosa tenía que ser fácil.

Heribert junior comunicó a Wanda que se marchaba a buscar el otoño. «Te lo traeré como regalo —le dijo al despedirse— pero quiero a cambio un trato de favor: la primera semana en exclusiva. Arréglalo tú con mi padre».

Únicamente los más íntimos de la marquesa fueron invitados a la inauguración del frío. Era el 20 de agosto y el termómetro marcaba sólo 15 °C en el interior de la casa. Todos se quedaron admirados de los modernos avances de la técnica. Un ingeniero belga era el autor del milagro que unos obreros franceses acababan de instalar después de trabajar semanas sin descanso. Se trataba de unos inmensos fuelles que movían el aire en torbellino y lo mantenían a temperatura constante. Para conseguir amortiguar el ruido del aparato se había incorporado al invento una caja de música automática que emitía melodías de moda, ya que Wanda era muy aficionada a la música ligera.

Los efectos del nuevo sistema refrigerador no se hicieron esperar. Tan sólo unas horas después de la inauguración, Wanda, cubierta únicamente con una bata de guipur malva, posó su dulce mano sobre el pomo de madera de sicomoro de la habitación de Heribert junior y entró. El joven, fascinado por la aparición tantas veces evocada, olvidó por unos momentos el odioso resfriado que acababa de pillar y que le hacía estornudar sin remedio. Wanda avanzó con movimientos de ola empujada por la brisa. Como si fuera la primera vez que se desnudara ante alguien, lo hizo con púdica delicadeza. Desabrochó la bata lentamente. Su carne, amasada con pasta de almendra y clara de huevo a punto de nieve, pues odiaba los baños de sol que acababan de ponerse de moda, emergía entre las suavidades del guipur como una nueva Venus. Sus pechos, nardos maravillosamente redondeados, tenían un ligero toque de carmín sobre los pezones. Este detalle enloquecía al futuro vizconde y ella lo sabía. A medida que se desabrochaba iba ofreciendo a los ojos llorosos de Heribert y a sus labios ansiosos una superficie de maniobra mayor: el vientre liso, el pubis recubierto de vello rubio, los muslos espléndidos, las piernas largas, el tobillo breve, los pies pequeños y gordezuelos... Wanda, con un gesto encantador, un gesto felino, silencioso, armónico, levantó levemente los brazos y se quitó la bata, que al caer al suelo formó una pequeña duna de puntillas. Luego avanzó hacia la cama de su amante, con las manos extendidas, la cabeza inclinada hacia atrás y el pelo suelto.

Casi tres meses de abstinencia, tres largos meses de espera, tres meses de angustia, tres interminables meses absolutamente perdidos serían finalmente olvidados. Sometido el calor, el falso otoño se presentaba lleno de augurios. Dos pasos más y al encontrarse los dos cuerpos todo el deseo acumulado se diluiría, por fin, felizmente satisfecho.

Heribert tenía a Wanda entre sus brazos. Con la suavidad que se acostumbra en estos casos, la empujó levemente hacia el lado izquierdo de la cama. Los labios saborearon mutuamente el gusto de tantos besos aplazados. El futuro vizconde recorrió el cuerpo de Wanda con la lengua más morosa, molesto, sin embargo, por las persistentes destilaciones de su nariz. Pese a los terribles reclamos del deseo, Heribert se daba cuenta de que debía darse por vencido. Un plebeyo resfriado le había ganado la partida.

—Prueba con papá, querida —le dijo entre estornudos, antes de dormirse.

Pero el vizconde tampoco pudo complacerla: estaba en cama con fiebre y una gran tiritona. Recibió a Wanda con el único aplauso de sus dientes castañeteantes. Aquella misma tarde el médico le diagnosticó una pulmonía doble.

La marquesa se encerró en su gabinete. Se sentía frustrada y, en cierto modo, traicionada. ¿De qué le servía el frío?, ¿para qué?, ¿para quién? Se miró al espejo. Llevaba la larga melena rubia recogida en un moño. Estaba cansada. Había pasado una noche de desasosiego pendiente de sus huéspedes. Tenía ojeras. Trató de disimularlas con polvos de arroz. Luego se maquilló ligeramente los ojos, se rizó las pestañas, se pintó los labios y, como siempre, bordeó con carmín sus pezones. Arreglada se sentía mejor. Sí, mucho mejor. Gracias al frío había recobrado por fin el deseo. Pero ¿a quién podría ofrecer su belleza, a quién entregaría sus irrefrenables ganas de placer? Sonaba una música dulce. Le gustaba. La había escuchado sin reparar en ella. Resultaba estimulante. Tenía ganas de bailar. Abrió los brazos y ofreció su cuerpo. No lo tomó nadie pero notó cómo el aire le enlazaba por la cintura, se deslizaba sobre su piel, se detenía sobre su pubis, se adentraba en el interior y la poseía por completo. Y Wanda, que tenía una larga experiencia en amantes y orgasmos felices, sintió de pronto que un instante de placer podía durar siglos.

La marquesa atendió con amorosa solicitud la pulmonía mortal de su primo y vertió lágrimas abundantísimas sobre su tumba. Pasados los rigores del primer luto, Heribert hijo, heredero del título que con tanta dignidad había ostentado su padre, le pidió a Wanda que recordase sus promesas. Había mejorado mucho del resfriado, aunque se encontraba muy abatido. En cierto modo él, de manera involuntaria, había precipitado la muerte de su padre, a quien quería muchísimo. Sólo Wanda, entregándosele, podría intentar reconciliarle de nuevo con la vida. La marquesa accedió pero el resultado fue un fracaso. El vizconde sufría de impotencia pasajera, según diagnosticó el médico tras analizar detenidamente los síntomas. A Wanda, sin embargo, parecía no preocuparle demasiado la suerte que pudiera correr Heribert, aunque, pese a todo, decidió ayudarle. Y para estimularle le invitó a presenciar —para ella, tan reservada, era un altísimo honor— su amor con el aire. El vizconde de Boumond-Foullat se quedó perplejo. La marquesa se entregaba a su nuevo amante con paganismo de vestal como si ejecutase un rito deífico. Con gestos de oferente, avanzaba con los brazos abiertos hacia el lugar donde los grandes fuelles del artilugio movían el aire en torbellino. Enfebrecida, como hipnotizada, Wanda inició una danza casi frenética. Su respiración se hacía más densa, más entrecortada. Heribert se le acercó ansioso, tenso, enrojecido, casi a punto de estallar, pero Wanda le rehusó pendiente sólo de su propio placer, del instante que parecía interminable.

Los días que siguieron a aquella mañana Wanda y el vizconde se dedicaron a los mismos entretenimientos, pero Heribert no consiguió poseerla por más que lo intentó.

Desconcertado y trastornado por el espectáculo que podía contemplar a todas horas, dejaba que sus humores fluyeran por cualquier parte sin importarle los charcos que se formaban sobre las alfombras ni los regueros dejados en las tapicerías y cortinajes. A pesar de su juventud, Heribert Boumond-Foullat enfermó gravemente. Los médicos le recomendaron un descanso total y una rigurosa abstinencia. El vizconde, lloroso, se despidió de Wanda un día de finales de octubre. Se marchaba a un sanatorio suizo para intentar curarse, pero sabía que la había perdido para siempre.

Unos meses más tarde recibió una carta desde Niza. Era de Languerfoll, el administrador de la marquesa. Le anunciaba que ésta acababa de morir. Su doncella la había encontrado agonizante y desnuda abrazada al único fuelle que todavía funcionaba.

Manuel Rivas
Carmiña

¿Así que nunca has ido a Sarandón? Haces bien. ¿A qué ibas a ir? Un brezal cortado a navaja por el viento.

O'Lis de Sésamo sólo venía al bar los domingos por la mañana. Acostumbraba a entrar cuando las campanas avisaban para la misa de las once y las hondas huellas de sus zapatones eran las primeras en quedar impresas en el suelo de serrín como en el papel la tinta de un sello de caucho. Pedía siempre un jerez dulce que yo le servía en copa fina. Él hacía gesto de brindar mirando hacia mí con sus ojos de gato montés y luego se refugiaba en el ventanal. Al fondo, la mole del Xalo, como un imponente buey tumbado.

Sí, chaval, el viento rascando como un cepillo de púas.

Brezos, cuatro cabras, gallinas peladas y una casa de mampostería con una higuera medio desnuda. Eso es todo lo que era Sarandón.

En aquella casa vivía Carmiña.

O'Lis de Sésamo bebió un sorbo como hacen los curas con el cáliz, que cierran los ojos y todo, no me extraña, con Dios en el paladar. Echó un trago y luego chasqueó la lengua.

Vivía Carmiña y una tía que nunca salía. Un misterio. La gente decía que tenía barba y cosas así. Yo, si he de decir la verdad, nunca la vi delante. Yo iba allá por Carmiña, claro. ¡Carmiña! ¿Tú conociste a Carmiña de joven? No. ¡Qué coño la ibas a conocer si no habías nacido! Era buena moza, la Carmiña, con mucho donde agarrar. Y se daba bien.

¡Carmiña de Sarandón! Para llegar a su lado había que arrastrar el culo por los tojos. Y soplaba un viento frío que cortaba como filo de navaja.

Sobre el monte Xalo se libraba ahora una guerra en el cielo. Nubes fieras, oscuras y compactas les mordían los talones a otras lanudas y azucaradas. Desde donde yo estaba, detrás de la barra, con los brazos remangados dentro del fregadero, me pareció que la voz de O'Lis enronquecía y que al contraluz se le afilaba un perfil de armiño o de garduña.

Y había también, en Sarandón, un demonio de perro.
Se llamaba *Tarzán*.

O'Lis de Sésamo escupió en el serrín y luego pisó el esgarro como quien borra un pecado.

¡Dios, qué malo era aquel perro! Ni un día, ni dos. Siempre. Tenías que verlo a nuestro lado, ladrando rabioso, casi sin descanso. Pero lo peor no era eso. Lo peor era cuando paraba. Sentías, sentías el engranaje del odio, así, como un gruñido averiado al apretar las mandíbulas. Y después ese rencor, ese arrebato enloquecido de la mirada.

No, no se apartaba de nosotros.

Yo, al principio, hacía como si nada, e incluso iniciaba una carantoña, y el muy cabrón se enfurecía más. Yo subía a Sarandón al anochecer los sábados y domingos. No había forma de que Carmiña bajase al pueblo, al baile. Según decía, era por la vieja, que no se valía por sí misma y además había perdido el sentido y ya en una ocasión había prendido fuego a la cama. Y así debía de ser, porque luego Carmiña no resultaba ser tímida, no. Mientras *Tarzán* ladraba enloquecido, ella se daba bien. Me llevaba de la mano hacia el cobertizo, se me apretaba con aquellas dos buenas tetas que tenía y dejaba con mucho gusto y muchos ayes que yo hiciera y deshiciera.

¡Carmiña de Sarandón! Perdía la cabeza por aquella mujer. Estaba cachonda. Era caliente. Y de muy buen humor. Tenía mucho mérito aquel humor de Carmiña.

¡Demonio de perro!, murmuraba yo cuando ya no podía más y sentía sus tenazas rechinar detrás de mí.

Era un miedo de niño el que yo tenía. Y el cabrón me olía el pensamiento.

¡Vete de ahí, *Tarzán*!, decía ella entre risas, pero sin apartarlo. ¡Vete de ahí, *Tarzaniño*! Y entonces, cuando el perro resoplaba como un fuelle envenenado, Carmiña se apretaba más a mí, fermentaba, y yo sentía campanas en cualquier parte de su piel. Para mí que las campanadas de aquel corazón repicaban en el cobertizo y que, llevadas por el viento, todo el mundo en el valle las estaría escuchando.

O'Lis de Sésamo dejó la copa vacía en la barra y pidió con la mirada otro vino dulce. Paladeó un trago, saboreándolo, y después lo dejó ir como una nostalgia. Es muy alimenticio, dijo guiñando el ojo. La gente saldría enseguida de misa, y el local se llenaría de humeantes voces de domingo. Por un momento, mientras volvía a meter las manos bajo el grifo para fregar los vasos, temí que O'Lis fuese a dejar enfriar su historia. Por suerte, allí en la ventana estaba el monte, llamando por sus recuerdos.

Yo estaba muy enamorado, pero hubo un día en que ya no pude más. Le dije: mira, Carmiña, ¿por qué no atas a este perro? Me pareció que no escuchaba, como si estuviese en otro mundo. Era muy de suspiros. El que lo oyó fue él, el hijo de mala madre. Dejó repentinamente de ladrar y yo creí que por fin íbamos a poder retozar tranquilos.

¡Qué va!

Yo estaba encima de ella, sobre unos haces de hierba. Antes de darme cuenta de lo que pasaba, sentí unas cosquillas húmedas y que el cuerpo entero no me hacía caso y perdía el pulso. Fue entonces cuando noté el muñón húmedo, el hocico que olisqueaba las partes.

Di un salto y eché una maldición. Después, cogí una estaca y se la tiré al perro que huyó quejándose. Pero lo que más me irritó fue que ella, con cara de despertar de una pesadilla, salió detrás de él llamándolo: ¡*Tarzán*, ven, *Tarzán*! Cuando regresó, sola y apesadumbrada, yo fumaba un pitillo sentado en el tronco de cortar leña. No sé por qué, pero empecé a sentirme fuerte y animoso como nunca había estado. Me acerqué a ella, y la abracé para comerla a besos.

Te juro que fue como palpar un saco fofo de harina. No respondía.

Cuando me marché, Carmiña quedó allí en lo alto, parada, muda, como atontada, no sé si mirando hacia mí, azotada por el viento.

A O'Lis de Sésamo le habían enrojecido las orejas. Sus ojos tenían la luz verde del montés en un rostro de tierra allanado con la grada. A mí me ardían las manos bajo el grifo de agua fría.

Por la noche, continuó O'Lis, volví a Sarandón. Llevaba en la mano una vara de aguijón, de ésas para llamar a los bueyes. La luna flotaba entre nubarrones y el viento

110

silbaba con rencor. Allí estaba el perro, en la cancela del vallado de piedra. Había alguna sospecha en su forma de gruñir. Y después ladró sin mucho estruendo, desconfiado, hasta que yo puse la vara a la altura de su boca. Y fue entonces cuando la abrió mucho para morder y yo se la metí como un estoque. Se la metí hasta el fondo. Noté cómo el punzón desgarraba la garganta e iba agujereando la blandura de las vísceras.

¡Ay, Carmiña! ¡Carmiña de Sarandón!

O'Lis de Sésamo escupió en el suelo. Después bebió el último trago y lo demoró en el paladar. Lanzó un suspiro y exclamó: ¡Qué bien sabe esta mierda!

Metió la mano en el bolsillo. Dejó el dinero en la barra. Y me dio una palmada en el hombro. Siempre se iba antes de que llegaran los primeros clientes nada más acabar la misa.

¡Hasta el domingo, chaval!

En el serrín quedaron marcados sus zapatones. Las huellas de un animal solitario.

Albert Sánchez Piñol
Sólo dime si aún me quieres

Ella se llamaba Marta y era rica, rubia, frívola y trivial. Era tan guapa que no podía tener amigas: cuando entraba en un salón las demás parecían estropajos. Por eso las mujeres la odiaban, y cuanto más la odiaban, más guapa la hacían. Él se llamaba Alfred y era apuesto como un ciprés. Alto, esbelto, elegante, un hombre a quien nadie le desea que sea rico, porque es preferible admirar a un pobre esforzado que a un rico privilegiado. Se comprometieron.

Según la tradición, los padres de la novia aportaban el ajuar. Llegaron al matrimonio con cinco fundas de almohada, cinco sábanas y cinco frazadas. Muchas servilletas, bordadas todas con las iniciales de ella. Las de él, no. Dos sombreros con forma de pastel, que hicieron arqueología en el desván, el chal de algodón azul, que era una telaraña de lana prodigiosa, la falda con el dobladillo de seda y una combinación negra fina y trabajada que la hija del matrimonio, en los años treinta, utilizaría como vestido en las fiestas de los artilleros republicanos, sin sujetador. Y también llevó siete bragas gigantes del color de los níscalos. Afortunadamente él nunca se las vio puestas:

eran un cataclismo que los tenderos conocían como «bragas mataamor».

La madre de la novia, muy viuda, fue además tan generosa que les cedió el armario, una reliquia familiar que Alfred odió a primera vista. Estaba hecho de una sola pieza, aspecto en el que sólo reparaban los expertos en madera, que se admiraban de que hubiera existido un árbol con un diámetro tan ancho. Según la suegra era posesión original de la suegra de la suegra.

La suegra quería regalarles el armario, su mujer quería tenerlo y Alfred se opuso como si el umbral de la habitación fuera el paso de las Termópilas. Pero la compenetración que había entre su mujer y su madre —un día lo entendió— era una fuerza más potente que las alianzas entre los enanos wagnerianos. Él decía: «No, no, querida Marta, el armario no, todo menos el armario». Y ella decía: «Sí, sí, querido Alfred, el armario sí, ¡faltaría más!». Fue que sí, claro, y el armario se quedó.

Las dos mujeres se unieron en un esfuerzo de rehabilitación. Frotaron el interior con un repelente de polillas acreditado en Londres y en Argentina. La viuda aplicó a cada agujerito un líquido contra la carcoma de la *Casa Hermanos Cirera, útiles químicos para el mantenimiento del hogar*. A él le reservaron el honor de cubrirlo con la enésima capa de pintura. De color negro, por supuesto.

Y una vez casados y con aquello incrustado en la habitación de matrimonio, las dos mujeres lo contemplaron como si fuera un fresco del Vaticano. Y la suegra exclamó: «Ay, hija, ya verás qué buen servicio te hará».

Hay habitaciones que tienen armarios y armarios que tienen habitaciones. El mueble sabía crear a su alrededor una atmósfera cúbica, concentrada y empequeñecida, donde por puro milagro se había acomodado la cosa. Presidía una pared, amenazaba con caerse sobre los intrusos y aplastarlos. Tenía cuatro patitas con forma de gota que, incomprensiblemente, lo sostenían. Realidad tan científicamente imposible —lo había leído en alguna parte— como que las alas de las abejas hicieran volar a las abejas, que los egipcios edificaran pirámides o que Saturno tuviera anillos. Y, no obstante, las abejas volaban, las pirámides existían, Saturno tenía anillos y el armario se sostenía. Era un espanto y un prodigio de la física. Un espanto porque con su negrura destacaba como un escarabajo en la nieve, y porque con aquellas dimensiones resaltaba como un confesionario en una mezquita.

Aparte de eso, su matrimonio era técnicamente feliz. El amor de uno alimentaba el del otro, de manera que se establecía un dominio suave, no se sabía muy bien de quién sobre quién. No hacía ni seis meses que se habían casado y ya eran dos piezas de orfebrería marital; cada día que vivían juntos unían alguna de las pequeñas grietas que aún los separaban, cada día que se despertaban juntos limaban alguna discrepancia con pactos, silencios o pactos de silencio, según conviniera. El precio de tanta concordia, naturalmente, era la muerte de la sorpresa y de la pasión, si es que alguna vez la pasión o la sorpresa habían tenido cabida en sus planes de un hogar humano. Alfred no sabía si sentirse culpable hasta que comprendió que precisamente aquello, el conjunto de renuncias y rutinas que hacían posible una convivencia, eran las raíces del matrimonio. Pero una de aquellas mañanas tan grises y tan dulces Alfred salió de casa.

El año terminaba y las calles estaban empapadas por culpa de una lluvia fina. Con un gesto llamó al chico que vendía periódicos. Justo en aquel momento una mujer se aproximó con las mismas intenciones. Casualmente el chico le había vendido el último periódico a Alfred. Ella prorrumpió en una sarta de maldiciones y él la miró de arriba abajo, sorprendido por su vocabulario, más propio de un pirata.

Iba por el mundo sin sombrero, esparciendo tantos tirabuzones que no se sabía si era el pelo más desaseado de Europa o el peinado más elaborado de América. Llevaba un cuello muy alto y botones pequeños que le recorrían el pecho hasta el ombligo, como una hilera de hormiguitas. Había nacido bajo un cielo distinto, como delataba su piel, producto feliz de muchas mezclas. Cuando Alfred le cedió gentilmente el periódico, ella ni siquiera le dio las gracias. Se concentró en la lectura en plena calle, y se olvidó de él en el acto.

De pronto, se descubrió espiando su propio periódico por encima de un hombro, como en el tranvía. Leyó un titular, *Fieros combates en Manzanillo y Camagüey*, y su nariz rozó la oreja de la cubana. Ella hacía aspavientos. No se quejaba de la nariz, sino de las injusticias terrenales, y con unas maldiciones increíbles. Para que notara su presencia, Alfred dijo:

—No se preocupe. Se lo puede quedar.

Ella le miró como si aún no le hubiera visto, de arriba abajo, con los ojos muy abiertos, y dijo:

—Caray, qué tipo tan guapo.

Lo que menos se esperaba Alfred era aquella sinceridad tan desinhibida. Para cambiar de tema le preguntó lo primero que se le pasó por la cabeza. Ella dijo:

—Yo soy puta, y con este trabajo es difícil encontrar un amigo. ¿Y usted? ¿A qué se dedica?

En su voz no había signo alguno de miedo o de arrepentimiento. Era puta, del mismo modo que hubiera podido ser bruja, reina o castañera. Hablaron un poco más y Alfred notó que las palabras no eran más que una cortina para ocultar lo que se decían realmente.

Se estremeció. Era lo bastante listo para entender que estaba viviendo uno de esos días que se ganan el derecho a ser recordados en el lecho de muerte. Y todo por haberla conocido. Calló, la miró, y supo que el amor no es lo que descubrimos en los demás, sino lo que descubrimos en nosotros. Había tardado tres años en decidir que Marta era una buena mujer y tres minutos en saber que la cubana era su mujer. Marta hacía de la vida una casa; la cubana, que la vida fuera verdad.

La llevó a su casa, cayeron sobre la cama de matrimonio. Y cuando la había desnudado oyó la llave que giraba en la cerradura. Era el más simple de los ruiditos y un ruido capaz de hundir su mundo. Miró a la cubana, como un ratoncito hipnotizado por la serpiente.

En un abrir y cerrar de ojos desaparecieron las dudas y las tibiezas: ¿realmente estaba dispuesto a matar su matrimonio, su reputación y su futuro por ella, una puta cubana de la que no sabía ni el nombre? Si aquello era el verdadero amor, si se trataba de un sentimiento tan excelso, ¿por qué llegaba del brazo del pánico?

Sólo supo murmurar:

—Escóndete.

La cubana entró en el armario. A Alfred apenas le había dado tiempo a alisar las sábanas y hacerse la raya en el pelo, ambas maniobras con la misma mano, cuando Marta hizo acto de presencia.

Nunca han existido dos personas con perspectivas tan distintas de la misma situación. Para Alfred su culpabilidad era obvia: todos los indicios le delataban. Para Marta el culpable era el tendero: todos los precios le acusaban. Venía cargada de bolsas de ropa nueva y hablaba y hablaba, indignada con las facturas. Alfred preguntó: «¿Hoy no tenías que ir al cementerio con tu madre?». Ella ni siquiera se molestó en responder, en aquellos momentos odiaba demasiado la industria textil catalana, italiana, mundial, universal. «Amor, ¿a que no sabes cuánto vale un par de medias de pacotilla?» En cualquier momento abriría el armario para guardar las nuevas adquisiciones.

No, aún no. Más esperanzas: se roza el milagro cuando Marta deja las bolsas en un rincón, como si la reclamaran otras urgencias.

Pero cuando está a punto de salir de la habitación, se gira. Regresa. Pone una mano sobre el pomo del armario. Alfred quiere detener la catástrofe, no sabe qué decir y calla. Se abre una puerta, es tan grande que oculta el cuerpo de Marta como una mampara. Alfred cierra los ojos.

No llega chillido alguno, sólo un crujido de bisagras. Después, la boca del monstruo se cierra de nuevo. Y la voz de Marta que dice:

—Amor mío, ¿te encuentras bien? Estás muy pálido.

Ella se va al comedor. Alfred mira el interior del armario y con una mano busca entre las piezas de ropa que cuelgan. Ropa y sólo ropa.

Antes de que el armario devorara a la cubana había ocurrido lo del gatito.

Semana Santa, mañana de Ramos. Marta ya estaba en misa, toda la familia esperaba para bendecir la palma y él se apresuraba a escoger una corbata de entre las que colgaban dentro del armario. Mientras buscaba, notó que un ser peludo se frotaba contra sus tobillos. Cuando bajó la vista vio a un cachorro de gato con rayas de tigre en el lomo, muy vulgar. Eso sí: la punta de la colita era de color blanco. No podía entender que aquel animalito hubiera salido del interior del armario. Pero no tenía tiempo para misterios caseros. Y nunca le habían gustado los animales. Le preocupaba que Marta quisiera adoptarlo. Salió cargando con el gato en ambas manos, manteniéndolo tan lejos de su cuerpo como le era posible; lo abandonó en la calle y no pensó más en él.

Pero después de que el armario deglutiera a la cubana, casualmente, Alfred mantuvo una conversación muy inquietante.

La suegra había almorzado con el matrimonio. A la hora del café las dos mujeres iniciaron una conversación trufada de menudencias domésticas, aquellos argumentos tan elevados que reducen a los hombres al silencio desde los tiempos de Adán. Alfred se recluyó en el patio, ahíto de canelones. Estaba adormilado en la mecedora de mimbre cuando, desde las profundidades de la inconsciencia, oyó la conversación que tenían las dos mujeres. La suegra aconsejaba a Marta que no tuviera animales en casa, «hazme caso, niña, si no, te pasará como a mí con un gatito muy querido que un día desapareció, y luego te sabe mal...».

En el patio hacía una temperatura ideal; el aire movía las hojas de la higuera, todo estaba en orden. En realidad, no había motivo alguno para que Alfred preguntara:

—Aquel gatito, ¿cómo era?

Miraba a la suegra con aquellos ojos adormilados que observan como si todo el mundo fuera enemigo. Por su parte, ellas le fusilaron con cuatro ojos, como si en lugar de una conversación interrumpiera una confabulación.

—Ah, muy mono —respondió finalmente la suegra. Sorbió la infusión y añadió—: Tenía la puntita de la cola de color blanco.

Alfred se removió en la mecedora. Era obvio que se trataba del mismo bicho, pese a que no podía entender cómo había llegado hasta sus tobillos. Comentó:

—Quizás vuelva.

—No, hijo, no lo creo —se rió ella—, no volverá. Hace demasiado tiempo que se perdió.

—¿Demasiado?

—Unos treinta y cinco años, más o menos —concluyó la suegra. Acto seguido añadió en un tono de perfidia contenida y guasona, muy propio de ella—: Según dónde te pierdes, no regresas jamás.

Aquella noche no pudo dormir. Lo mirara como lo mirase, la única posibilidad era la más imposible: durante un descuido de la suegra, hacía treinta y cinco años, el animalillo había entrado en el armario y no había salido de él hasta el Domingo de Ramos. El armario deglutía criaturas vivas y las vomitaba cuando le placía. Y la cuestión no era cómo ni por qué, la cuestión era otra.

Volvería. Algún día la cubana volvería.

Ante lo insólito, a los hombres les asiste el recurso de alegar que han tenido una pesadilla. Pero ¿qué hace un hombre sensato cuando la cosa es tan y tan extraordinaria? Nada. Y, en realidad, no hacer nada tal vez sea lo mejor que puede hacer un hombre a quien un armario se le ha tragado la amante. ¿Podía ayudar a la víctima? No. ¿Tenía la culpa de su desaparición? No. ¿Obtendría algún beneficio si explicaba un hecho irracional a personas racionales? No. Si sus conciudadanos no creían en cosas tan reales como, por ejemplo, un amor loco, ¿qué pensarían cuando les hablara de armarios antropófagos?

De modo que, con una frivolidad que le sorprendió, Alfred se olvidó de la cuestión. Los primeros meses aún dedicaba miradas furtivas al armario, pero cada vez con menor frecuencia. Después, ni eso. Tuvo una hija. Al principio de su matrimonio Alfred creía que la mejor manera de ser un buen hombre era ser un buen marido. El día en que nació su hija alteró ligeramente el enunciado: la mejor manera de ser un buen hombre era ser un buen padre. Y aquellos días, por primera vez, pensó en la cubana como en una cosa lejana. ¿Había sido real el amor que un día, sólo uno, se habían dedicado? Más aún: ¿la había amado?

Durante una época ponderó la cuestión desde un punto de vista científico. Cuando la niña cumplió cinco años le regaló una caja de zapatos llena de gusanos de seda. Como acostumbra a ocurrir, la finalidad instructiva resultó de más provecho para el maestro que para la alumna. Alfred los alimentaba rigurosamente con su dieta de hojas de morera. Los gusanitos engordaban cada día un poco más, y cada día arrojaba uno al interior del armario. Al final sólo le quedaron dos. Hilaron el capullo de seda en un rincón de la caja de zapatos. Alfred respetó la incubación, incluso permitió que las mariposas resultantes se unieran de aquella forma tan obscena, una en la espalda de la otra. No hacían más que perpetuar una cópula sin placer ni dolor. A veces el macho, que era más pequeño que la hembra, movía las alas frenéticamente. No se separaban jamás.

El tercer día de la cópula fue el último. Los dos insectos se estaban marchitando. El macho en un ángulo de la caja, la hembra rodeada de huevos, un centenar o más, que había esparcido por el cartón. Se morían. La piel se les caía como un polen sucio. Y las alas, tan inútiles que ya no les servían ni para volar ni para lucir, se desarmaban como viejas cometas de papel. Tuvo un arrebato y antes de que murieran abocó las mariposas al interior del armario. No lo hizo en nombre de la piedad sino de la ciencia. La idea era que si lanzaba gusanos al interior del armario con una periodicidad calculada, cuando regresaran podría deducir la pauta temporal que seguía el fenómeno. Semanas después los descubrió.

Un día, en un ángulo interior del armario. Regresaban todos juntos, desde el gusanito minúsculo y casi invisible que había arrojado el primer día hasta la pareja agonizante, para la que el armario sólo había significado una prórroga de la sentencia de muerte.

Defraudado, concluyó que el armario era imprevisible, que allá dentro el tiempo se movía a una escala cósmica, y que los devorados seguían una ruta errática. Podían tardar veinte días o veinte años en regresar, sin lógica. Barrió los gusanos con un cepillo y los tiró por la ventana.

El experimento sólo le sirvió para confirmar las incertidumbres. Por más que quisiera negarlo, algún día ella regresaría y temblarían los cimientos de su hogar. Los años pasaban, la convivencia había situado a Marta por encima del amor. El vínculo que los unía ya era más estrecho y más sólido que el del matrimonio, le resultaba imposible imaginarse lejos de las seguridades que ella le proporcionaba. Y, pese a todo, mientras el armario siguiera allá, mientras su presencia demostrara que un amor como el de la cubana había sido posible, no podía vivir tranquilo. ¿Y si su matrimonio era un fraude? Sobre todo, ¿qué haría cuando regresara?

Los hombres llevaban sombreros blancos y redondos, y los bañistas camisetas de rayas azules horizontales. Un día salieron de excursión ciclista en compañía de otros matrimonios. Alquilaron tándems, pero, a última hora, hubo un desacuerdo entre el número de asistentes y las bicicletas disponibles. A Alfred y Marta les tocó un tándem de tres sillines. Durante todo el día pedalearon con aquel sillín vacío o aquel pasajero invisible, como se prefiera. Coincidencia: Alfred no había visto jamás a Marta tan feliz. El contacto con la naturaleza le ofrecía aires de libertad y coqueteaba con todos los hombres de la romería ciclista. Él sabía que se trataba de una licencia tan ficticia como inofensiva: a veces las mujeres casadas quieren creer que todavía despiertan afecto. Más de uno le preguntó si era difícil llevar un tándem de tres sillines. Y encima se reían.

Cuando cumplió cuarenta años, Alfred ya sabía que los amores mal digeridos secuestran el pasado y el futuro. Pensaba a menudo en Marta y pensaba a menudo en la cubana, y el armario le impedía ser feliz con ninguna de las dos. A lo largo de aquellos años su ánimo se volvió en contra de su mujer.

Si al menos alguna vez hubiera sentido por ella la misma pasión que por la cubana, Alfred no habría tenido que batallar contra un fantasma que cualquier día podía volver a cobrar vida. Por otra parte, si hubiera tenido ocasión de averiguar las debilidades de la cubana le sería más fácil renunciar a ella, porque la vería como el ser humano que era, y no como un modelo amoroso perfecto. Pero aquello no había podido ser —qué ironía— por falta de tiempo.

Durante aquella época se lo planteó en más de una ocasión: ¿por qué no podía sincerarse con Marta, explicárselo con todo lujo de detalles, esperando su credulidad y su benevolencia? Eran marido y mujer, se debían confianza mutua. Pero el carácter de Marta se lo impedía. Era como si el día que se casaron hubieran firmado un contrato secreto en el que se enumerara todo aquello de lo que no puede hablar un matrimonio. Cuando Alfred intentaba violar dichos silencios, ella utilizaba sus debilidades como un escudo. Las enfermedades de la época la perseguían exactamente igual que las modas. Primero fueron los síncopes: a veces el cerebro de Marta pedía oxígeno y entraba en un sopor espontáneo. Después se convirtió en una artista de la histeria. Finalmente, décadas después, fue víctima de una depresión. No se precisaba de mucha inteligencia para entender que Marta enfermaba cuando quería asesinar diálogos.

Por las noches, antes de dormirse, la fantasía de Alfred hacía que le deseara algún mal: que la decapitara un tranvía, o que muriera de fiebres extrañas, cualquier desgracia inesperada. Que desapareciera sin que él tuviera que asumir ninguna responsabilidad. Aquello le habría hecho inmensamente feliz en medio de una tristeza sincera. Pensó: «¿Y si la metiera en el armario como quien empareda a alguien en vida?». Un crimen perfecto de no ser porque descuidaba un extremo: que Alfred no era un criminal, que era un buen hombre y un buen padre. Antes de herir un solo pelo de Marta escogería el martirio. Pero todo aquello le obligaba a vivir en una especie de catacumbas del corazón. Sólo él sabía hasta qué punto puede un hombre llegar a odiar el amor. Toda la vida enamorado de alguien a quien no podía amar, y amando a alguien de quien no estaba enamorado.

Fue así como Alfred entró en la edad madura, una época que esencialmente consiste en asumir que hay preguntas que no merecen respuesta. Un día descubrió que hacía treinta años que la cubana se había marchado. Y también descubrió que si había vivido treinta años sin ella, podría vivir, o malvivir, toda una vida sin ella. Una vez asumido esto, ya sólo le quedaba librarse del armario. Qué descanso quitarse de encima aquella presencia monstruosa. Pero Marta y la suegra se opusieron a ello. Él decía que el armario había pasado de moda y que era un armatoste carcomido, y ellas alegaban que no, que no, que el armario había superado todas las modas, «y un día querrás legarlo a tu hija, como Dios manda». Y fue que no, evidentemente.

Desde que la cubana había sido devorada por el armario el país había vivido una guerra colonial en ultramar, dos guerras mundiales en los periódicos y una guerra civil ahí mismo, bajo el balcón. Y un día Alfred presenció el nacimiento de su propia vejez.

Fue la primera mañana en que abrió el armario para buscar una corbata y ya no se preguntó: «¿Volverá hoy?». También es verdad que sus reflexiones se habían hecho más profundas y menos apasionadas. En su interior, la razón y los sentimientos se habían movido siempre en paralelo. Ahora se preguntaba si había tenido otra opción.

Aquella jornada remota, cuando impelió a la cubana a entrar en el armario, ¿fue digno de ella? ¿Se merece disfrutar de un tesoro quien lo entierra? Por otra parte, ¿se le puede exigir a un hombre joven que asuma sus actos, máxime cuando no es consciente de su trascendencia? Un error, una cobardía espontánea y legítima, ¿pueden condenar a un hombre a cadena perpetua? ¿Anulaba la cubana el inmenso amor que sentía por Marta, aunque fuera de distinta cualidad? Todas esas preguntas se las hacía un domingo a media tarde, y de repente concluyó: «Anda, Alfred, ve y tómate un cafetito».

Con el café llegaron pensamientos reconfortantes. Los gusanos de seda habían tardado sólo unos meses en regresar. El gatito, más de treinta años. O sea, que cuanto mayor era el cuerpo más tardaba el armario en vomitarlo. Una idea tan lógica y no se le había ocurrido hasta que llegó a viejo. Tal vez volviera cuando estuviera muerto, o al cabo de mil años. Toda una vida sufriendo y ¿por qué? Por una contingencia que quizás no se presentaría jamás.

Aquellos días hubo buenas noticias: la suegra murió. «Es terrible», le dijo a Marta. «Ya era hora de que hicieras un pensamiento, cacatúa zarrapastrosa», se dijo a sí mismo pensando en la muerta. De todos modos, debía reconocer que las últimas palabras de la difunta fueron nobles y elevadas. En el lecho de muerte miró a Alfred, miró a Marta, musitó: «Cuídalo y serás feliz», y expiró.

—Ya la has oído —lloró Marta—. Hazme el favor de no hablar nunca más de tirarlo.

Se refería al armario.

Por extraño que parezca, la gran crisis no llegó hasta que Alfred se jubiló. Cuando ya tenía que levantarse tres veces cada noche para ir a mear, aquella edad en que la felicidad se resume en una cama caliente, se convirtió en la más agitada de su matrimonio. Se pasaba el día discutiendo con esa vieja que roncaba, tenía los tobillos surcados por venillas azules y el cuello más arrugado que un acordeón.

Ambos sabían que buena parte de la culpa la tenía la jubilación. Mientras Alfred hacía de viajante, las largas ausencias habían sido una suerte de dinamo que acumulaba el amor para el reencuentro. Ahora que tenían que convivir las veinticuatro horas del día discutían por minucias como si fueran cuestiones de Estado. «Habría podido vivir una pasión en Maracaibo y Yucatán», se decía Alfred, «y aquí estoy, peleándome para saber quién calienta la bolsa de agua, y así moriré».

El Estado legalizó el divorcio y aquellos días Marta vio una mirada asesina en los ojos de Alfred. A ella no le interesaban los clásicos, a él sí. En los *Anales* de Horacio había leído que el emperador Tiberio, tras una vida de virtud, se convirtió en un sátiro a los setenta años. Y pensó: «¿Por qué no la mando a paseo y me voy a Cuba y me busco una puta?». A punto estuvo. Pero compraron una tele y aquello salvó el matrimonio.

Nunca habían tenido televisor porque no iba con la casa. Descubrieron que la tele les eximía de hablar. Cuando uno de los dos empezaba a rezongar, la encendían y la pantalla deglutía los malos humores. Alfred se desahogaba contra el Gobierno, el hombre del tiempo, los árbitros, y después ya no le importaba dormir con los pies fríos.

Una mañana no quiso encender la tele. Quería estar con su mujer. Tenían una mesita redonda, ideal para las meriendas, el dominó y los invitados. Alfred le pidió a Marta que se sentara con él. Se lo dijo con una amabilidad que no conocía épocas, ella se rió. Los jóvenes no lo saben, pero el amor más tierno empieza pasados cincuenta años de convivencia. Por el balcón abierto se oían las golondrinas. «Llega el verano», pensó Alfred, «cuando se escucha la primera golondrina». La quería. Sí, quería a Marta. Nunca lo había dudado. La diferencia era que nunca había estado conforme con las limitaciones de dicho amor.

Y así estaban cuando notaron unos ruidos procedentes de la habitación de matrimonio.

Lo más curioso de todo fue que, después de haberla esperado tanto tiempo, tanto tiempo imaginándose el momento, Alfred no pensó que pudiera ser ella. No pensó nada, de hecho. Giró medio cuerpo, sin tomarse la molestia de dejar la taza de café sobre la mesa, sólo alcanzó a exclamar:

—Qué cojones...

El ruido fue tomando forma hasta convertirse en un clamor. Alfred se levantó. Con una mano tendida indicó a Marta que se mantuviera al margen, que él afrontaría el peligro. Pero volvió la cabeza y vio a una Marta desconocida. Un rictus nervioso le estiraba el labio inferior. La cucharilla repicaba contra la porcelana de café como si el cuerpo de ella sufriera un temblor microscópico. Alfred no entendía nada.

La puerta de la habitación se abrió y apareció un hombre. Y después otro. Y otro, y otro. Salieron docenas de hombres, atolondrados y medio desnudos, hombres que sólo querían encontrar la puerta. Algunos llevaban calcetines con liguero, otros calzoncillos gigantes de seda, modas de ropa interior que abarcaban medio siglo. Desfilaban a empujones y trompicones, huyendo y rehuyéndole. Saltaban por las ventanas o entraban en la cocina y volvían a salir, desorientados, y cuando encontraban la puerta correcta se oían sus pasos trotando como un rebaño escaleras abajo.

Cuando se hubieron marchado todos, Alfred miró a Marta. La había mirado mil veces, cien mil, pero aquélla era la primera vez que la veía. Ella temblaba como un culpable ante la horca, sin entender que su marido había llegado a una posición en la que el resentimiento ya no tenía significados.

Oyó otro ruido, más suave. Era la cubana, descalza y desnuda en el umbral de la habitación. Alfred vio que después de tantas dudas, alegrías y dolores, tantas desventuras y vicisitudes, los años no habían afectado ni a su piel ni a su misterio. Ella todavía era ella. Pero ya no sabía si él todavía era él. Marta continuaba sentada en la butaca, la cubana no se movía del umbral. Alfred suspiró. Miró a la cubana, miró a Marta. Bajó la vista a las baldosas, y con la cabeza gacha dijo:

—Sólo dime si aún me quieres.

Juan Eduardo Zúñiga
10 de la noche, Cuartel del Conde Duque

El pensamiento se fue hacia el color de la piel iluminada por las llamas, hacia los detalles de aquella hora larga al pie del horno. Sería difícil olvidar todo lo que había aprendido de lo que puede ser el amor: la blandura de la espalda, el roce de los cuellos, la carne fría de las rodillas, el peso de los miembros extendidos sobre el cuerpo, cómo a veces éste parecía transparente e irisado y otras negro y abismal, mancha oscura en la que se habían rastreado con la boca los sitios más suaves, siempre una manera nueva de poner los labios en los hombros o en el mullido cojín del estómago, cuerpo inagotable sobre el que se desfallece a punto de caer muerto y precipitarse en la nada, de donde se resucita para al instante reintegrarse al mundo y a sus quehaceres, en medio de los cuales se presenta súbitamente la imagen del amor y pone su mano caliente en el recuerdo y de allí desciende por los canales más vitales y se extiende en íntimo gozo que hasta puede obligar a una ligera sonrisa o dar a los ojos la mirada suavemente velada por la añoranza. En los lugares más impensados se presenta la fuerza que pervive en el pensamiento, entre otras instancias más ásperas e inocuas, entre triviales objetos o lugares tan ajenos y diferentes a la pasión de las bocas unidas y los cuerpos enredados, pensamientos que llegan en momentos inadecuados, de noche o de día, al encender las bombillas cubiertas por unas pantallas de papel para evitar que su mortecina luz pudiera verse en el exterior, en la calle, de donde había desaparecido, con la llegada de la noche, todo atisbo de iluminación, salvo el esplendor difuso que daba la nieve; entonces se fueron aminorando las conversaciones en el vestíbulo, se redujo el paso de soldados por la escalera, fueron cesando los ruidos en las habitaciones del primer piso; no bien el comedor quedó vacío y los cubiertos, platos y vasos, con su entrechocar estridente, quedaron quietos y lavados en los armarios, y las cocinas, tan visitadas y activas durante el día, durmiendo vacías y oscuras, vibró en el patio un cornetín de órdenes.

Después sobrevino una calma aún mayor y los párpados de los pocos que bajaban las escaleras pesaban como el plomo y, aun cuando se llevaban la mano a la frente y a los ojos, no podían vencer aquel deseo de recostar la cabeza y dejar que todos los pensamientos cayesen y sólo quedase una tierna y serena oscuridad en la mirada para que los miembros agotados se aliviasen de la fatiga que penetraba hasta los huesos.

Cuando los pasos del centinela fueron el único ruido, y el eco aumentaba la amplitud del vestíbulo y parecía que el pesado tiempo con que la noche iba apoderándose del dominio de los hombres y colocando sus dedos en cada objeto para acrecentar su natural sombra y ocupar su dimensión y convertir aquellos contornos en una extensa amalgama en la que sólo se destacaban los pasos del centinela que incansablemente se paseaba de un lado a otro de la puerta, pisando la nieve gris de la acera, entonces un hombre con largo gabán y boina encasquetada hasta los ojos apareció ante la puerta e hizo una seña al centinela, que respondió afirmativamente con la cabeza, tras lo cual el hombre se alejó por la acera escurriéndose en la nieve deshelada, pero no obstante caminó deprisa y dobló la esquina del enorme edificio, ahora cerradas todas sus ventanas, un bloque inerte flanqueado de tapias al comienzo de las cuales se abría un pasadizo por cuya oscuridad pastosa entró.

Chistó y en respuesta oyó unos roces y entre las sombras una persona se acercó a él y le tocó; él también extendió los brazos y sujetó un cuerpo bajo ropas gruesas que daban su peculiar olor, y así agarrados, como dos cojos o ciegos que se quisieran ayudar, salieron a la calle bañada por un resplandor lechoso que subía de la nieve y bajaba del cielo claro a pesar de ser noche cerrada.

Delante de la puerta se detuvieron, el centinela echó una ojeada al vestíbulo y les hizo una señal, con lo que la pareja entró casi corriendo y se dirigieron a una puerta pequeña visible junto a la escalera. Por ella pasaron a una nave y luego fueron a lo largo de un corredor flanqueado por patios, de donde entraba una claridad borrosa que sólo permitía ver las paredes y grandes manchas negras de puertas cerradas. La pareja llegó a una que estaba al final, pasó por ella y encontró una escalera totalmente a oscuras cuyos escalones bajaron tanteando, y por primera vez murmuraron unas exclamaciones sujetándose uno al otro y rozando el suelo con los pies para comprobar dónde terminaba la escalera y empezaba un pasillo estrecho por el que avanzaron hasta una puerta que abrieron con llave y tras la que había habitaciones con ventanucos, gracias a los cuales pudieron ver el camino que debían seguir.

Tres escalones les llevaron a una nave en la que brillaban unos puntos rojizos y una suave bocanada de calor y de olor dulce les dio en la cara según se dirigían —pasando entre sacos y leños alineados— hacia los hornos aún encendidos con brasas y rescoldos, cuyas compuertas el hombre abrió para que su luz les iluminase y el calor se esparciera. Cerca, los estantes, las artesas para amasar el pan, las mesas, y encima de una, un gato que les contemplaba con recelo, y montones de retama de las que él cogió unas cuantas para meterlas en los hornos y que se prendieran y las llamas dieran más luz. Entonces se volvió hacia la mujer, la cogió un pellizco en un carrillo y soltó una carcajada. Ella se echó para atrás, también rió y cuando él se quitó el gabán y lo extendió en el suelo, delante del horno, aumentó sus risas y sus gestos y no opuso resistencia al empezar él a desabrocharle el abrigo y luego, aunque las manos no estaban muy seguras, a desatarle un cinturón blanco que cruzaba el color verde del vestido, pero ella, con movimientos metódicos, se quitó éste y como un pez salió de él, y se desprendió de otras prendas de vestir dispuestas de tal forma, por ella o por una técnica generalizada que preveía este momento, que cayeron al suelo acompasadamente. Y así desnuda se acercó a la boca del horno para calentarse y tomar el color rojizo de las llamas que se apoderaban de las retamas con sus diminutos crujidos y chisporroteos, aunque allí estuvo tan sólo unos segundos, porque el hombre la dio unos manotazos y la abrazó y sujetó los labios en su boca, y así quedaron un rato, sacudidos por estremecimientos que estaban a punto de hacerles caer. Pero no caían, sino que parecían sostenerse mutuamente y daban unos pasos vacilantes o se ladeaban y seguían aferrados en un abrazo estrecho que daba su resuello de pechos anhelantes, hasta que en el silencio que les rodeaba oyeron un lamento del gato y se volvieron hacia él y se desprendieron lentamente, aunque se quedaron con las manos sujetándose por los antebrazos y en esa postura, vueltos del fondo de aquella tensión aún con los ojos medio cegados, vieron al gato erizarse, tenso el lomo y los bigotes, bufando con expresión de terror en su pequeño rostro de redondos ojos.

Al verse contemplado, el gato huyó y la pareja regresó a su contacto; esta vez hubo un forcejeo y ambos quedaron arrodillados sobre el abrigo, los cuerpos volvieron a entrechocar y tambalearse bajo el látigo sangriento del fuego cercano que clavaba sus briznas centelleantes en la piel tersa.

De nuevo el gato maulló junto a ellos, pareció amenazarles, acechándoles dispuesto a saltar. El hombre agitó las dos manos, dio una palmada y el animal desapareció entre las mesas, pero su bufido se escuchó aún; la pareja volvió a cogerse y tornaron a su prolongado abrazo, aunque las caras seguían vueltas hacia las zonas de incierta oscuridad por donde había huido el gato. Y sus lastimeros aullidos se oyeron en la profundidad de la nave, teniendo a veces un timbre parecido a la voz de un niño o de una mujer, y ese murmullo llegó a ocupar el espacio tranquilo y fue el eco del lamento de una víctima horrorizada o de una persona perdida y suplicante, al recoger una sorprendente gama de tonalidades. La pareja seguía los movimientos del animal: las caras serias y los ojos atentos a los inesperados saltos o correteos, como si de ellos dependiera su proceder, aunque el gato, desde que maulló la primera vez hasta la última que le oyeron entre las mesas y la oscuridad del fondo de la nave, apenas estuvo presente unos minutos, tiempo escaso para alterar la intimidad y el ardor que parecían asegurados por las precauciones tomadas. Pero la verdad es que aquella vocecilla, ni humana ni completamente animal, había hecho algo que sólo un impulso natural poderoso podía lograr al contrarrestar la tensión, casi desesperada, del amor. Porque esta tensión parece que se pone virtualmente en marcha en el momento que entra en la conciencia la posibilidad de darle satisfacción, y un primer paso de su logro real es saber que habrá, esperando a la pareja, un lugar apartado, solitario, tibio, acogedor donde encuentre refugio y seguridad para aquellos minutos de mutuo abandono y distensión. Y precisamente éstas eran las cualidades que reunía la panadería del cuartel, tal como aquel amigo me había explicado y yo, días después, lo había comprobado, yo mismo para evitar sorpresas, y en verdad que aquel rincón de la ciudad húmeda y helada parecía ser de una comodidad extrema, y mi certidumbre fue tan absoluta que no dudé en planear la cita y paladear el sosiego con que podría entregarme allí al amor en el mismo sitio en que mi amigo estuvo.

Encendí la linterna y con su luz recorrí la nave: las mesas, los estantes, sacos y leños apilados, las ventanas cerradas y al fondo los dos hornos brillando en la pared de ladrillos ennegrecidos. Cerré con llave y ella se volvió hacia la puerta, pero yo la estreché contra mí y la llevé hacia los portillos, donde aún parpadeaban brasas de un rojo claro, cerca de los cuales el frío desaparecía y una corriente de templanza daba en la cara y en las manos. Les eché unos troncos pequeños y enseguida la llama se alzó y prendió otra vez; ante el horno, la claridad aumentó y descubrió las cosas y a ella rígida, atenta al fuego, fija en él. De las heladas naves del cuartel habíamos pasado a una noche de verano, y entonces ella comprendió por qué la llevaba allí y buscaba como aliado el fuego y su templanza enervante, el chasquido de alguna rama, el suave abrazo del ardor, contemplando las llamas que poco a poco iban conquistando los troncos y transformando en otra materia las cortezas rugosas.

Eché mi gabán en el suelo delante de las bocas de los hornos y despacio, con toda suavidad, aparentaba calma; fui a desabrocharla el suyo, pero ella me dio un empujón y se cruzó de brazos dispuesta a no ceder. La sujeté las dos manos y pude comenzar la lenta operación en que muchos hombres han fracasado por precipitación y falta de tenacidad para que un botón salga de su ojal o una cinta pase por donde parece que no puede; todo lo que requiere cinco, diez minutos, el tiempo que sea, y saber esquivar algún golpe traicionero o uñas que avanzan hacia las pupilas. Despacio, la ropa va cayendo al suelo sin que se rompa por completo y las fuerzas de la que lucha desesperadamente van siendo cada vez menores.

Cuando el esplendor de los pechos, en vano cubiertos, fue iluminado por las llamas, me di por compensado de todo y pensé que acaso aquella mujer era la primera que yo deseaba intensamente, por su misma negativa, distinta de las complacientes mujeres que solía buscar en la calle de las Naciones, negativa que venía a retrotraerme a mi adolescencia, en la que soñaba con un ideal maravilloso y subyugante, que no podría explicar con palabras porque nadie lo entendería, aun buscando largamente las palabras y los parecidos. Las buscaría y ninguna daría clara idea de lo que sentí al ver su cuerpo encogido, echado sobre su abrigo como una mancha encarnada y negra a la luz del fuego; no podría decir qué calidad tenía, qué expresión de belleza asombrosa, y a la vez una fisonomía demacrada, con ojos mortecinos y de mirada distraída, como si estuviera pensando en algo que no tuviera relación posible con aquellos minutos, o acaso bien podría ser que hubiera descubierto algo aquella noche, pese a lo insólito de la situación, acaso un contacto más afortunado que para ella fue revelador —como cuando se abrazan los muslos para besar el vientre—, capaz de dar una exaltación que no es exclusivamente física, sino una segunda naturaleza que viniera a invadir todo el cuerpo, porque tú mismo decías que la notaste una distensión a lo largo de las piernas y en el torso, hasta el punto de que toda ella se arqueó en una postura que te parecía muy forzada, casi inaudita, pero de una gran sugerencia, de una belleza arrebatadora que te compensaba de los riesgos y vejaciones que habías sufrido no ya toda tu vida de amores prohibidos, sino a lo largo del helado corredor y de la escalera maldita que era igual que una trampa, y también del oscuro pasillo y habitaciones inmundas que forzosamente había que atravesar para llegar al lugar deseado, como siempre ocurre, pues cualquier deseo conseguido lo ha sido a costa de sufrimientos y sinsabores, de manera que cuando lo alcanzamos —ya sea dinero o poder o vanidades o sencillamente un cuerpo joven— llega tarde e incluso fatiga por lo que se ha hecho esperar y lo miramos con rencor, y como tú bien dices, las vejaciones son debidas a esta oscura ley de la vida, que nos trastoca los deseos más necesarios y nos retrasa aquello que no sólo nos hará felices en el momento de gozarlo, sino que estimulará beneficiosamente, porque todo placer incrementa a quien lo recibe y le une a la vida y le enriquece. Pero esa ley que impera y se entreteje con las existencias humanas, aunque permita al hombre gozar de algo en su debido momento, le exige a cambio una cantidad desmesurada que debe pagar y esta explotación es causa del odio que brilla en los ojos del que está alcanzando algo querido, motivo más que suficiente para que caminar por los pasillos del inmundo cuartel fuese una interminable serie de patadas, empujones, mutuo desprecio, insultos de los que nunca caen en olvido, vergüenza para ambos, y la mayor vergüenza era que ambos os erais necesarios o casi imprescindibles, a ella porque, al faltarle los señoritos del Casino que la mantenían, sólo te tenía a ti, y a ti porque la necesitabas desesperadamente, pese a su abyección, pese a todo, y no lo olvidemos, pese a que si te descubrían, allí mismo os hubieran pegado un tiro a cada uno, así que era cuestión de vida o muerte, algo muy grave y serio, porque si os encontraban, allí mismo, sin esperar nada, os matan a tiros.

Y eso tú lo sabías y, no obstante, fuiste allí, entrando en un cuartel cuando las vidas de los hombres eran una moneda despreciada, cuando la orden no era el amor, sino la cruel obsesión que da la guerra a los hombres condenados a su servicio. Lo único que contaba a tu favor era la hora: un reloj había dado las diez y el sueño fue entregando a cada uno su fabulosa felicidad; una gota en cada ojo daba fin a las furiosas pasiones, a los estremecedores presagios que a todos oprimían, y remansaba las rígidas decisiones y un estado de pureza se posesionaba de los oficiales en sus catres, de los soldados en sus jergones, y les mudaba en otros hombres, más sinceros y de mayor benévola comprensión.

Francisco Ayala (Granada, 1906), docente, narrador y ensayista, es una voz imprescindible en la cultura española del siglo XX. Su extensa obra, en la que merecen una mención especial la recopilación de relatos *El rapto* y las novelas *Muertes de perro* y *El fondo del vaso*, le ha hecho acreedor del Premio Príncipe de Asturias de las Letras y del Premio Cervantes. Es miembro de la Real Academia Española.

Mario Benedetti (Paso de los Toros, Uruguay, 1920-2009), narrador, poeta, dramaturgo y crítico literario, fue uno de los autores más populares en lengua española del siglo XX. En su prolífica obra, que le valió el Premio Reina Sofía de Poesía o el Premio Iberoamericano José Martí, sobresalen la recopilación de relatos *Montevideanos*, los distintos *Inventarios* que recogen sus poemas y la novela *La tregua*.

Luis Mateo Díez (Villablino, León, 1942), narrador intimista y nostálgico, es el creador de uno de los mundos más característicos y personales del actual panorama literario en España. Miembro de la Real Academia Española, entre sus obras merecen especial distinción el libro de relatos *El árbol de los cuentos* y las novelas *La Fuente de la Edad* (Premio Nacional de Literatura y Premio de la Crítica) y *La ruina del cielo* (Premio Nacional de Literatura y Premio de la Crítica).

Carlos Fuentes (Panamá, 1928), narrador y ensayista, es uno de los pilares del boom latinoamericano gracias a novelas como *La región más transparente* o *La muerte de Artemio Cruz*. Acreedor de galardones literarios como el Premio Cervantes o el Premio Príncipe de Asturias de las Letras, su fuerte compromiso político, social e intelectual lo han convertido también en un referente de la cultura hispana actual.

Almudena Grandes (Madrid, 1960), una de las narradoras más sólidas de la reciente literatura española, se dio a conocer con la novela erótica *Las edades de Lulú*. Tras este primer éxito, entre sus obras, llenas de sensibilidad y de fuerte introspección psicológica, destacan las novelas *Malena es un nombre de tango*, *Atlas de geografía humana*, *Los aires difíciles* y *El corazón helado* y el volumen de relatos *Modelos de mujer*.

Joaquín Leguina (Villaescusa, Cantabria, 1941), principalmente conocido por su larga trayectoria política —concejal del Ayuntamiento de Madrid, diputado y presidente de la Comunidad de Madrid—, no por ello ha renunciado al ejercicio de su vocación literaria. En su obra destaca el libro de relatos *Cuernos* y la novela *La tierra más hermosa*.

Manuel Longares (Madrid, 1943), narrador excepcional caracterizado por un fino sentido del humor y un estilo barroco y muy cuidado, entre sus novelas merecen epecial atención *Soldaditos de Pavía*, *Romanticismo* (Premio de la Crítica) y *Nuestra epopeya* (Premio Ramón Gómez de la Serna). Además, es autor de dos libros de relatos, *Extravíos* y *La ciudad sentida*.

Javier Marías (Madrid, 1951) probablemente sea el autor español de mayor reconocimiento internacional. Miembro de la Real Academia Española, su prosa, culta e intimista, ha merecido el aplauso de los lectores de medio mundo. Entre sus novelas destacan *Corazón tan blanco* (Premio de la Crítica, IMPAC International Dublin Literary Award), *Mañana en la batalla piensa en mí* (Premio Rómulo Gallegos, Prix Femina Étranger) o la trilogía *Tu rostro mañana*.

José María Merino (A Coruña, 1941), principal abanderado del relato corto en España, como demuestran los volúmenes *Cuentos de los días raros* y *La glorieta de los fugitivos* (Premio Salambó), en su obra, a menudo apoyada en lo fantástico y lo onírico, también destacan las novelas *La orilla oscura* (Premio de la Crítica), *El heredero* (Premio Ramón Gómez de la Serna) y *El lugar sin culpa* (Premio Gonzalo Torrente Ballester). Es miembro de la Real Academia Española.

Juan José Millás (Valencia, 1946), narrador y periodista, es uno de los autores más prestigiosos y populares de la literatura española contemporánea. Su desbordante ingenio y sus originales análisis psicológicos han convertido en grandes éxitos obras como las novelas *La soledad era esto* (Premio Nadal), *El desorden de tu nombre* y *El mundo* (Premio Planeta 2007) y sus recopilaciones de artículos y relatos *Ella imagina* y *Primavera de luto*.

Rosa Montero (Madrid, 1951), gran narradora y periodista, es una de las autoras más queridas por los lectores españoles. Mordaz en sus críticas y creadora de personajes entrañables, sus novelas más señaladas son *Crónica* *del desamor*, *Amado Amo*, *La hija del Caníbal* (Premio Primavera), *La loca de la casa* (Premio Grinzane Cavour), *Historia del Rey Transparente* e *Instrucciones para salvar el mundo*.

Augusto Monterroso (Tegucigalpa, Honduras, 1921-2003), narrador y ensayista, su literatura destacó por un fascinante dominio de la concisión y un humor punzante. Premio Príncipe de Asturias de las Letras, entre sus obras destacan *La Oveja Negra y demás fábulas*, *Movimiento perpetuo*, *Lo demás es silencio*, *La palabra mágica*, *La letra e* y *Literatura y vida*.

Juan Carlos Onetti (Montevideo, 1909-1994) fue uno de los mejores exponentes de las letras hispánicas del siglo XX. Autor de relatos y novelas, creó un universo imaginario, pesimista y melancólico, a través del que sentó escuela modernizando la narrativa latinoamericana. Obras como *El astillero* o *Juntacadáveres* le hicieron acreedor, entre otros, del prestigioso Premio Cervantes.

Carme Riera (Mallorca, 1948) es una de las principales voces de la narrativa en lengua catalana. Autora de cuentos y novelas, galardonada en el año 2001 con el Premio Nacional de Cultura, entre sus obras destacan *Te dejo, amor, en prenda el mar*, *En el último azul* (Premio Nacional de Literatura), *La mitad del alma* y la antología *El hotel de los cuentos y otros relatos de neuróticos*.

Manuel Rivas (A Coruña, 1957), periodista, poeta y narrador, es el principal autor de la narrativa gallega contemporánea. Entre sus obras destacan las novelas *El lápiz del carpintero* (Premio de la Crítica) y *Los libros arden mal* y los volúmenes de relatos *Ella, maldita alma* y *¿Qué me quieres, amor?* (Premio Nacional de Literatura y Premio Torrente Ballester).

Albert Sánchez Piñol (Barcelona, 1965), antropólogo y escritor, es miembro del Centro de Estudios Africanos. En su obra destacan las novelas *La piel fría* y *Pandora en el Congo* y el volumen de relatos *Trece tristes trances*.

Juan Eduardo Zúñiga (Madrid, 1929), narrador, ensayista, traductor y crítico literario, entre sus obras destacan sus magníficos libros de relatos *La tierra será un paraíso*, *Largo noviembre de Madrid* y *Capital de la gloria* (Premio de la Crítica) y las novelas *El coral y las aguas* y *Flores de plomo* (Premio Ramón Gómez de la Serna).